『道道』までの道道

天沢退二郎

装幀・装画　マリ林

目次

Ⅰ　ぼくの作品集

Ⅱ　天鐘詩抄

Ⅲ　手帳A

Ⅳ　手帳B

V　手帳C

Ⅵ　「道程」「蒼い貝殻」の詩篇

Ⅶ　綴じずにのこされた紙に書かれた詩篇

Ⅷ　少年詩篇（『道道　付 少年詩篇 道道補遺』一九七八年 書肆山田より）

I　ぼくの作品集

朝の踏切

遠いかすみの中から電車の姿がうっすり
と現れ
斜断機がきいっとおりる
人、
車。
それらのものは
それといっしょに静かに止る
朝もやの中を
夢のように電車が通りすぎる。
斜断機が上る
人や車はまた動きだす。
どこかでにわとりがなく

（一九四八・七月三十日）

希望

大通りから畑ごしに見た海
その青い海は日光のためにまっさをに光り
遠い地平線のはてを
潮風を一ぱいに受けて
するすると音もなくすべっていくヨット
それらの物が
世界のはてまでつづいている海というものを
くっきりと色どっている。
海のむこうのシベリアにいる父も
きっとこの見事な海を眺めているだろう
世人のだれもが
この海を見

この海によって希望を得ている

波打際に立って見た海
ざんぶりざんぶりと
大山小山の波が泡をとばして
寄り来る凄じさ
僕はするともなしに
海藻で土堤をつくって見た。
寄せては返す荒波は
負けても屈せず
ついにはこの土堤をきりくづした。
そうだ
海だ
海こそ希望の泉だ
いかなる困難にあっても

海を忘れるな
希望を忘れるな
海のような根気をもって
海のような力をもって
負けるな
がんばれ
勝て　勝て　勝て
そして最後までねばれ
油断大敵
油断すれば人生の土堤はきりくづされるのだ
ああ
海よ永久に我々に希望をさづけたまえ。

一九四八年
（制作月日不明）

芋の花

黄色な麦畑にかこまれて
しずかな白い花を咲かせる芋畑
雨上りの空気を一ぱいにすいこんで
芋の花はいつもよりふっくらとして
いまにもはじけそうなようす。
二三の蝶がひばりの音楽に合わせ
舞を舞っている。
どこを見まわしても
蝶の舞とひばりの音楽は
芋の花に麦の穂にきこえている

（一九四八年・月日不明）

白鷺

いらかに光る日光の中を
大きい蝶のように
白鷺がとんでいる。
あゝ雲がとんでいるようだ。

（一九四八年・月日不明）

無題二篇

一本の枯木が
日光を浴びて光っている
あゝ枯木が生き返ったようだ

雨上りの線路から
かげろうが立のぼっている
あゝこれが入道雲になるのか。

（一九四八年・月日不明）

そよ風

さわがしき朝の教室
真面目な顔して本によみふけるものもあれば
小弓でいたづらをするものもある。
そよ風は限りなく吹きこみ
皆の顔をそっとなぜる。
限りなきかなそよ風
限りなきかな日光
それらは
さわぐ子供の群を
軽べつともほゝえみともつかぬ
うす笑いで見ているが如く
じっと見動きもせぬ日光と

そよ風とが
よみふける声を大にし
あるいは小にし
限りなき自然を発散している
さわいでいるものよ
この自然を
この空気を
胸に一ぱい吸いこんで
明朗に
真剣に
今日の勉強にはげもうではないか。
（一九四八年・月日不明）

菜の花

道ばたの畑に咲く菜の花
雨の日も
風の日も
菜の花畑の前を通る時
黄金色の花はさんさんと
光りをはなち
黄金の波にもまれているがごとく
目もくらむばかり
通りすぎれば急に暗闇に
つっこんだような気がする。
太陽の照る日は
菜の花は一そう美しく

黄金色の光をはなち
雨の日は、
水玉をつけて銀色に光り輝き
泥々の行手に
明るい希望をなげかける。
ああ希望の花菜の花。
希望にみち、
足を強くふみしめて
学校へ、家へむかう時
美しい花畑の前を歩きながら考える。
「菜の花よ、永くそこにあれ」
（一九四八・月日不明）――「春光」五月号に載――

省線電車

一、電車が走る町の中
並ぶ家々あとにして
青い河川をあとにして
電車は走る元気よく
二、電車が走る線の上
りきむ燕を追いぬかし
さながら春の風のよう
電車は走る元気よく。

（一九四八・月日不明）……「春光」五月号に掲載……

木の瞳

かんかんとてりつける太陽。
人々の頭からは
いくすじも汗が流れている。
だが、ざわざわとゆれうごく木の葉だけが、
汗も流さず
涼しそうにしているのはなぜだろう。

暑い太陽のために
仕事を忘れてひるねをしている人や
暑さに負けて
病床にいる人などがある。
だが、

ざわざわとゆれうごく木の葉だけが、
朗らかにたのしそうに
風とたわむれているのはなぜだろう。

ごらん
あの木の瞳を。
木の瞳はどこかって？
すぐわかるじゃないか
どこでもいいんだ。
本当にどこでもいいから
じっと木の幹を見つめてごらん。
そうら
瞳があったろう
青くすんだ瞳が。
その瞳に何がある。 希望だ。

ねそうだろう。
人間が
いや万物が生きていくのに大切なのは
希望なのだ。
寒い時には
自分で
自分の心で太陽をつくり
暑い時には涼風をつくれ
どうやってつくるかって？
すぐわかるじゃないか
希望をもつんだ。
しっかりもつんだ。
そうすれば
太陽だって
涼風だって

ちゃんとつくれるじゃないか。

（一九四八年八月十七日）……「春光」11月号にのす……

たそがれの海

夕日は沈んで行く。西の海のあなたに。
それは
もういくら呼んでも叫んでも
引き戻すことのできない
おごそかな沈みなのである。
落ちて行く夕日のかげが
青い海にきらりと光る頃
このたそがれの海を眺めたものは
ふと浮かんでくる淋しさを
感じないことはなかろう。
夕日は沈んで行く、西の海のあなたに

しずしずとしかしおごそかに
引きとめるいかなる力をもふりきって
赤くそめられた雲を名残りに
一歩一歩
悠然と西のずうっとむこうの
どこやらしれぬところに
沈んで行く夕日
この夕日のおちゆく様を
海辺で眺めたものは
いのるような気持で
じっと立ちつくさずには
いられることはなかろう。

たそがれの海、
沈み行く夕日。

その中に含まれているものは
悲しさと
淋しさと
静けさと
　何ものをもおさえつける
威厳との外《ほか》には
何もないだろう。

僕がこんなことを考えて海辺に立ちつくしている間に
夕日はいつのまにか落ち
浜によせる波が
ひたひたとうつろな音をくりかえして
いたのであった。

（一九四八・十二月二十五日）

Ⅱ

天鐘詩抄

四季複混詩

春は車の富士山である
ざあ〳〵光る暑い北極
鳥はいまや出航する
ぴかぴか走る汽車の窓
　（山は遠く飛んでいる）
あゝ早春の美しき紅葉
流氷をのせた初夏の小川も
蟻の背中にのってすべってゆく

荒野

おゝこのひらけわたる荒野。
そこら一面火のように
横びきのこぎりの歯のような
棘のついたあざみの茎の上に
サルの尻のように赤い花が
もう点々とついている。
遠くの光る湖の方に
骸骨どもが戯れる。
そんな荒野を一すじに
流線型列車が走って行く。

がまぐち

冬の日の
ふところの
ためいきの
身にしみて
ひたぶるに
うら悲し

会計の
集金に
胸ふたぎ
色かえて
涙ぐむ

ふところの
さびしさや。

げに我の
がま口は
ちり一つ
入り居ぬ
から財布かな

化物国の風景

化物国の演壇では
ナマズが声をふりしぼって
〝マットシッカリヤレ〟
と絶叫し、
化物国の教室からは
〝結核を発明したのは……〟
と教える先生の声がきこえてくる。
化物国の畑では、
ジャガイモが土の中で肥るけれど
モグラにけつを噛られるとは
ちょっとなさけない。
化物国の往来では

ハンド・バッグをさげた娘たちや
ボストン・バッグを提げた紳士たちが
つぶれまんじゅうを食いながら
おばあちゃんを連れて歩きまわる。

神秘の町

骸骨溢るる町を
豚は嵐とともに往来し
豆タンクは
ブラジルをはね飛ばして荒れ狂う。
横びきのこぎりの形して
けわしくそびゆる仁王山の頂上近く
サル群がる原始林を抜けて
河馬遊泳する湖をめぐり
夕日に映えるその町に至れば
きみはおそらく気絶するだろう。
町の中央にすえられた
大きなダルマの銅像は

まぶしく光る仙人と共に
らんらんたる眼で
きみをにらむだろう。
蕭条と山中に沈むその町は、
いつも私の心象に沈澱し
また起伏し
かすかな炊煙を立ちのぼらせる

運命と攝理

河馬の口は大きく
ブラジルは黒く
猿の尻は赤い。

グラモンのガラスは光り
ガミボンの怒りは恐く
ヨコビキはマスクをかける
豚の尻尾はちぢれ
犬ころの鼻はつぶれ
ボスは早くも
卵のからを破ってのさばる。

あゝしかし
それも運命なのだ。
攝理なのだ。
結核を発明しようが
ケレド、ダネ
を連発しようが、
それも運命だ、攝理だ。
ヤマブキに実がならないように
それも仕方のないことなのだ。

六月の宇宙

天界をみみずが駈け
ねずみ色の水が噴き上る
恒星は月を中心に円運動し
海はまっかなかげを
白銀の山の上におとす
古塔は高く天頂にそびえ
十字架は転回して墜落する
この静粛な空と海
さわいでいるのは陸だけだ。
めくらの蛙は写生をし
唖の狸はのどじまんに
三つの鐘を鳴らす。

そして西の林の上に
五色の虹が大きくかかる
その虹の橋を渡って行くのは
じつに私のゆうれいなのだ。

天才が門出する朝

お譲さんのソプラノが
つやゝかにひびく
よく晴れた朝。
もぐらがもぐったあとの
新鮮なこげ茶の土の山が
庭のあちこちにもり上っている。
畑の黒人参は、
みどりの髪に
水玉を光らせて
泥にまみれた赤黒い顔を
しめった土の上にのぞかせている。

雀のさえずりはたえまなくきこえ
天才の門出を祝う

夜明けの龍

むこうの広い海岸から
鮒が一匹歩いてくる。
（おい　てめえはなんだ）
おれはそいつに叫んでやる。
そいつもパクパク云い返す。
（なんだなんだと　てめえはなんだ）
（ふんおれは龍だ）
（ちえっ　そんなちっぽけな龍があって
たまるもんか）
へっ　鮒のやつおれを馬鹿にするな。
スポン！
どうだあいつももうおれの胃の中だ。

ウーィい丶きもちだ。
ほほうあそこにいるやつは
メガネをかけているやつは
やっぱり合成酒かなんか飲みやがって
さかんにくだをまいている
あいけねぇ朝だ。
いそいで引込むとしよう。

Ⅲ 手帳A

常緑樹

ざわざわと
葉のひらめく枝を
ものうげに揺らせているのを
見ていると

何だかのどが渇いてくる

寂寥

炭素噴霧の夜気の中へ
虻はプムプム消えて行った

詩の不思議

詩にならないことを
　　詩に書いたら
詩にならない
　　詩が書けた
けれどやはり
それは　詩であった

二・一九

詩の不思議

詩とは何であるかが
　私にはわからなかった
詩はなぜ詩であるかが
　私にはわからなかった
どんな入門書にも
　また専門書にも
　それは書いてなかった
書いてあっても
　それは私を納得させなかった
私は考えたけれども
　わからなかった
しかし、

「詩」は世界中に
塵のようにばらまかれていた

二・一九

ある序章

世の中には
醜い女ばかり多かった
世の女どもといえば
醜い女ばかりだった
街で
バスの中で
電車の中で
女どもの余りの醜さに
私はへきえきした

けれど十六才の年の春
私は生まれてはじめて

一人の美しい少女を知ったのだった

二・一九

竹やぶ

松や杉の森に三方をかこまれて
とけあっているような
竹やぶの
なんという美しさ
夕暮
風のない竹やぶ
きみどりのかすんだような
竹やぶの
なんという美しさ

三・一

春のブリキ夕方

Blue grey の
そのうす張りの天
白けむりのプディングのような
雲は
そこにぴったりと張りついて
そしてゆっくり動いている
（松が風になる
　その枝は葉は扇形のピンだ）
枯草は軽く耳もとで擦れ合い
西空の横に層を成す雲の中から
日輪はフラスコの形のひかりを投げる
　……そこだけ灼けるように

まぶしい……
松葉の乱れる枯草の斜面に
私の腹はずりおちそうに伏せっている
ぱさぱさとちまきのにおいが
かすかに鼻腔を擽り
ベルリン製のサイレンも
遠くで短く唸ったようだ
（木槌の音）
マンチュリースロープの丘陵に
挟まれて
でこぼこの轍は柔かにくねって
丸っぽい土手のかげへ静かに
頭を隠す
（遠くから見ると
松林はまるで

スズメノエンドウの群落）
あたりはすこうし明るくなって
風は斜めに枯草を吹き
〈a faint sound
of the train
being over the
irrigation〉
栗の矮木の干乾びた葉は
まるで煙草のようにそりかえる
……その淋しい丘の斜面を
少年は二人して
幻滅のように登って行った……
三・一九

木立

流れてゆくのは風の面影
わたしのいのち……

孤独

僕は友達がほしい
明るい優しい女友達がほしい
たちまち僕を明るくし
僕の手をとってかけだしてくれるような
楽しい女友達がほしい
そうすれば憂鬱な僕の心なんぞ
すぐにふっとんでしまうんだがなあ

時間

そのおびを溯り
そのながれるおびを辿り
そのおびをたぐるのみ
とうとう死んでしまうのだ

夜の十字路

光の薔薇の交錯
　動カナイバラモアリマス
　ソレハ闇夜ノ胸カザリ
　ミンナ明リノカリメラデス
飾　窓《ショーウインド》はエクゾチシズム
散りかゝる二輪の大薔薇は
辷ってくる大型のトラックの
らんらんたる両眼だ

ミンナボヤケテマスネ

甘い光の菊の針

（花）

五・一一

黒い蛾

飛んでくるなら
黒い蛾がおれは好きだ
うすい黒びろうどの羽をもって
光のにじんだ電球のまわりを
パフパフととびめぐるあの蛾なら
少なくともおれは嫌いでない
あの時も蛾はどこからかやってきて
しづかにおれの目のまえの
白い、まだ新しい
吸取紙の上にとまったものだ
まるで
ふわりとおちた煤の一片のように――

おれが何の気なしに
ふるえている蛾の黒い細い触角を
ふいと口をすぼめて吹いてやった
黒い蛾はあわてて羽をひらひらさせて、
一二回おれのもっていたペンの上を
まいめぐっていたが
そのまま、あいていた窓の外の
くらあい闇の中へ消えて行った
そのあと　おれが吸取紙をとってみると
その上に黒いこまかい鱗粉が
かすかに散っていたのだが
偶然にか窓から急に吹きこんだ
あい色の夜の風に
その粉は音もなくまい上って
どこかへ散らばってしまった

そしておれは　なんだか
残念なような気がしたものだ

それがいつであったか
おれはもうおぼえていない
たゞわすれないのは
黒びろうどの蛾の羽と
それを吸込んだあの闇と
そしてほのかな鱗粉のことだ
それから
おれが初めての恋に去られたとき
ふっとあの黒い蛾のことが
思い出されて哀しかった
それがどういうわけか
少しもわかりはしなかったが……

歌

風はゆたかな
大気の隙間だ
森のおく

薔薇　皿　修羅
かけめぐる哀しみ

Ⅳ　手帳B

麗日

きれいに糊のついたガラスの垣根
竹の壁
　（人間はだれも
　倒れることを欲しない）
〔女の耳たぶ〕

雪解

雪もアクセサリー
空が青い

硫酸銅と
硝酸銀と
ペーハはどうだ

雪も水です
セブンです

黄昏に

クロムのゾルの中の
あやしいとまどい

睫毛を伏せて答えた
彼女の声は
ナイロンのようにつめたかった

雪と太陽

何日ぶりかで雪がやみ
翌日は眩めくような青空になった
太陽はあんまりじらされたので
すっかり怒ってしまって
とっておきの林檎ジュースまで
みんな投げちらしてしまわないかと
随分心配したけれど
そんなこともなさそうだ

今日は窓ガラスも真青
（いよいよまばゆい
マグネシャの

起伏の雪）

柿の実

柿の実
つぶせば
とびちる
シブを
嘗めろ
光よ
木漏れびよ
矢は刺さっても
折れないぞ

夕暮れ

夕暮れは水のようである
とろりとした溶鉱の
日が落ち果てると

紫いろの闇が
パッと
ヨードのようにひろがった

雪どけ

雪もだいぶとけた
空は青いし
日光もあたたかだ

ねこやなぎ
枝をゆらせ！

お前の枝のところどころに
とけのこった
雪のかたまりは
まるで　晒した
木の実みたいだぞ

早春好日

青く杳かな早春の空を
一羽のからすが
ラムダのかたちで渡った
その影は枯桐の梢にひっかかり
姿も見えぬ飛行機の
遠い爆音にゆられた

日光はジュースをそそぎ
屋根の北側に残った雪から
雫がたえまなく落ちる
……空の彼方で鳴るサイレンは
　懶くパラフィンに融けた

焼きネギ

こういう
寒い　雪降る夜は
ボロ靴なんか
路に捨ててしまってもいいから
程よくこげた
焼きネギをたべよう
しなしなして湯気の出る
焼きネギをたべよう

学校精神

はがねの円筒のまわりを
頻りに飛び巡る蜜蜂
一瞬！
校長の眼鏡が粉砕する

白痴か阿呆か

あ　あかるい声の
あ　あかい鳥を
お　おまえはいったい
つ　つかまえようというのか
き　きでもちがったか
さ　さらさらながれる
ま　ま水の清さ
が　があがあわめくその鳥を
で　でんきで焼いて
て　てらてらさせて
い　いよいよとなったら
ま　まあまあ　喰ってしまうとは
す　すてきでもないなあ

月蝕

流れたいものは流れろ
月はオレのもんだ

浅春

風は光を流し
鳥は風をのみ
そしてひるがえり
石は目となり
竹は蓬々となびき
光もゆすれ

石垣の割れ目から
黄色な哀しみが覗き

自転車に乗って

鈍い
甘酒状の空模様
日輪も今は朧ろで
すさんだ一月の西北風が
低くサラサラ虚空をわたる
かなりに広い巾のある
さびしい冬の麦畑
そのかなたに黝んだ森が
道路とちょうど平行に
なまりの地平に沈むのだ
その植物性の沈澱に
藁屋根づくりの農家が

見えがくれしてうしろへ流れる
おれはゆっくりペタルをふんで
冬　ひるすぎの畑中をぬう
アスファルト道を走ってゆく
流れるようと云いたいが
ギチギチ軋む中古の車
もう小一時間も走ったのだ
乳酸はみな沈下して
足の肉ににじみこみ
まるでだるくてスピードも出ない
これでも雲よりましなのだ
道はようよう下り坂
やれうれしやとペタルを放し
やゝななめから吹く風に
追われるようにくだりゆく

けれどもすぐに又昇り道
にぶめる足に拍車をかけて
たゞ灰いろのアスファルト
なんという重い自転車だ……
どこへ行こうのあてもなく
たゞ　自転車と時間があるから
走っているというだけの
このおれが
なぜこんな辛い気分で
重い坂を上らなければならぬのか
息をきらしてのぼって行けば
道の両側に低木もならび
家も二三軒あるようだ
また村落に入るのかと
苦しい息の下から

目をあげてみると
そこは坂月のバス停留所
青い顔した乗合バスが
おれを静かに見おろしている
おれはいそいで目をそらし
坂もようやく平らになって
ペタルにぐんと力をこめ
始動をかけたバスの脇を
サッとばかりにかけぬける
背後にエンジンの遠ざかる音を
汗ばむごとくきゝながら
ぐんぐんスピードアップして
またもひらけた畑の道へ
風を切って走り出る
道はそこでカギ形に曲り

さて荒れ果てた畑野の中を
ものうげに波をうちながら
行くてにしらじらとよこたわっている
雲は幾分厚くなり
日は半熟の卵黄よりも淡い
おれはもうどこまでも
この道を走って行こう
竹やぶのかげ松丘の麓
どんどん風のように辿ろう
つめたさをました風を吸い
こうと心に決めながら
おれは無心にペタルをふんで
いや　涙さへ目にうかべ
たゞ一さんに走り行く
　（あの雑木林の中から

誰かの嘲笑が聞こえるようだ）
一・二一

反応演出

（輝く日輪は東天を昇り
あたりは光の触媒にみち
灼けた金網も花の喪神めいて
落ちかゝってくるのであった）

さあ
ごらんなさい
すてきな葉鶏頭の海ですよ
真赤だ
ストロンチウムですよ
炎色反応ですよ
そら

ゆらめくガスさえ騰り
虻など落ちてとけるよう
私はもう倒れてしまいそうです
あ丶
鐘もカンカン鳴ってる
　　鳴ってる……
（Stはやがて Cuと変り
あたりは燃える青藍の
すさまじき夜となるのであった）

早春

早春の空は
いわば
少しばかり鉄分を含んだ
淡青の石英ガラス製でもありますから
どんなにあなたが
歌を投げつけましても
決してこわれないのであります

野外舞踊　（パントマイムの序曲から）

藍晶石の天帽から
夜露は霧めきひえびえと降り
二百の小さな花どもが
ほの白く並ぶつめくさ原に
昼間の派手な衣服を脱いだ
細身の毛虫の精なる少女
赤い唇　きりりと結び
クレエの舞をうち踊る
観客席のつめくさは
かすかな露のプリズムに
いよよ青ざめおののけば
紅い舞衣の毛虫の精は

今や魔性のをとめのかたち
眼も刃の如くうちをどる
夜霧の原にうち踊る

心象の六月

腐植湿地の青いガス
吹き乱しては水銅の
影のコップに見下せば
花紺青の五号林
風の誘ひに澱みけり

青煙

ぐうんと蜘蛛の糸を引っぱり
（それ！）
よろよろと
冷い網に落ちかかる

花

赤く濡れた唇で
印肉を引きちぎる

位相

百合の花弁を
斜めに舐め上げて

街

めくるめく日暮れのやなぎ。
イルミネーションが、
あ、ぶらさがる、ぶらさがる

僕の水底

僕
それは奇妙な踊り子の
ひるがえるメゾ・ピアノ

僕
それは地の果の夜の樹木の
突き立てるVライン

歪んだ青と影の草
ふり乱す露わな僕
そして僕――

V

手帳C

秋

見事に黄葉した銀杏並樹の間の白《しろ》い舗道を音もなく進んできたトラックは一陣の風が閃くとあっというまに吹き消されてしまった。

軍団

小さな鋼鉄のかけらの密集した河
平原のモール土を抉り抉ってながれて
　ゆく
――チカチカと夜の火を弾き返しながら

六月の詩

屋根瓦の一枚一枚が
まもののように光る
ドイツで灼きすてた窓ガラス
プレディアス蜂蜜のように沈澱して
ギ・ギラ　と上へ旋る

雨と雨の六月
坂の上の雨に鳴る洋館だ
プラタナスは葉の一枚に磁石をつけ
しょんぼり気取ってレンズを散らす
躑躅にスペードのどくだみ
黒づくめの園丁は

向うの小屋のポップホールから
たびたびこっちを覗かねばならぬ。
赤いのげしに雨上りの火が映える

萎れた魔女のようなきのう
坂道の泥を登り
息づいた水の六月をたどった

さざめきの渚

春になっても夏になっても
ぼくの耳は
あのさざめきで水びたしだ
行ってみたい雲の崖下で
朝のぶどうが粉をふいていたむかし
低原《のはら》のはてで夜の苺が濡れていた昨日
海に懸る眩暈の今日もそうだ
それがぼくの耳を捉えたのはいつ
そう　いつという黄色なのだろう

(手をのばす盲目の明日
黝い淵のようにがらんとした未来も

霧の向うにいままた影をひらめかす
打寄せるそのさざめきの渚は
ついにぼくの耳を去らないであろう）

道標

ぼくはもう止らない
立ちどまって桜桃や百合を考えるのはもうごめんだ
斜めに空を仰げば枝間に青いいくつもの半月の瞳が浮び
　（そのうつろな盲蛋白石の光…）
ひゞの走る支那磁器の天には
河べりに渇いた尊者が翔けるのに
立ちどまるまい　ぼくは行こう
大野の彼方にのびた土造の家々に
ニレの大樹の豪とした影も落ちるのだ
ぼくのめざすのは夏　アスファルトの逃げ水
いつも森の梢の向うにある昼の月

秋の詩

鳥どもはみんな東へ飛んだ
どうにでもなれ　赤い水車
おれは崖の笹をよぢのぼりながら
雲の中の青時計を噛む
赤い水車は　また巡り
鳥は飛んだ

ゴシック塔の菓子

こうのトリのくちばしに
ひとつ
ふたつ

（塀の上にみじかい草が生えていた

塀の上にみじかい草が生えていた
塀のそと
やせたレールの上
みどりいろの電車がかわいた死
体をいくつもひきずって
冬の底を軋り過ぎた

ぼくはもう少し考えなければならない
塀にまたがって枯れ草のようなぼく
ぼくはもっとのり出していた方がよい
ぼくはもう考えてはならない

塀のうしろには今どき何の花か咲いている
いや　咲いているらしい
向うの遠い雲を鳥のようなものがひっかいた
次の電車は　まだあわい陽炎の向うにいた

（わらいながらのみちは

わらいながらのみちは
はながさく　あかいはながさく
けれどもあくまがねてるぞ

なきながらのみちは
はながさく　しろいはながさく
けれどもこどもがしんでるぞ

こいしながらのみちは
はながさく　おもいはながさく
けれどもへびがみてるぞ

よろめきながらのみちは
はながさく　とおいはながさく
けれどもかぜがたかいぞ梢に

（雲のようにざらりと滑かな軟泥を

雲のようにざらりと滑かな軟泥を
深々と抉りながれる谷の川
盲目の芦しげり　旅人よ
——死者は死んだ

死者の笛は芦のうつろに晒され
泥林には虫が埋もれている
渇いた生命は汚れた白華の墓だ
おい　その蒼茫の旅人
——死者は死んだ

Ⅵ

「道程」「蒼い貝殻」の詩篇

單旋律

卵黄は空に投げられたが
ちつとも眩しくない
空は一めん雲のような霧のような
淡くぼおつとしたものにつつまれて
何か　ぜいぜい　鳴つている
　（それは電線の唸りだ
　すぐ傍に高圧線の鉄塔が
　幽霊のように立つている）
私も立つている
栗の木立は赤と茶の斑点で
丘の斜面を掩つているが
いがらつぽい枯草の茂みから

つやつやしたすんなりした　あれが
ぬつと牙を覗かせはしないか
そして私を愛しはしないか　と
先刻から待ちもうけているのだ
　けれども晩秋のミストラルは冷たくて
　穴の奥の毛皮の温《ぬく》もりが思われる
芒の穂は　実《じつ》になめらかに頭を垂れ
むこうの杉の梢も　妙に焦茶色で
あゝこの草地に身を投げてみたいと
何度も思うのだが
この夏たしかにこゝで蛇の尾のくねるのを
　見たし
あそこで屈んでいる農婦のつれて来た犬が
ずいぶん恐ろしいブルドック相なので
どうも躊躇させられる

…枯落葉に風情があるか
…ある！
あゝ　はらはらと落葉かな…
…無情の風よ　な吹きそ…
落葉が　はらはら散るというのは
いつたい誰の発明だろう
待ちぼうけの私のまわりにも
栗の葉がしきりにばさばさ降つて来て
丘のはづれを汚すのだ
（もう日輪は卵黄どころではない）
日輪は見えなくなつた
霧もはれた
そして雲がすつかり厚くをり
高圧線の塔もまた
寒々とそそり立つている

あたりはまるで冬景色
しかしやっぱり　秋だ
そうとも　遠くの百姓家の軒さきに
ぼんやり　つめたい帯のようなのは
皮をむかれた吊し柿の一列
そして蔦の葉はあまりに赤く
私に剽窃を誘惑する
　　そうは云つても
　　松は黒つぽい緑
　　なんだか一雨《ひとあめ》来そうな空
　しかも待てど暮せど　あれは来ない
されば私も右手を芒の穂になぞらえて
むなしく招き打ち振るとしようか
　（そこに詩情はない）
詩情はない　かも知れぬ

だが私は一向　構わない
どうだ野に畑に電線は顫え
ひねもす　ひゅるひゅるひゅるひゅるひゅる
　　微妙なようだがよく聞けば
小きざみに　単調な旋律を奏で続けている
　…高く
日は暮れて　秋は暮れて
いつたいこの私は――
　（まつたくです
　……たかが一もとの　すすきの穂
そうして　私の生命《いのち》も
結局儚《はかな》い単旋律です）

蒼空に就いてのクローズアップされた關心

畢竟　鳥は山師である
塒を蹴つて　宙に失し
（羽虫　羽虫）
そうれ美事に懐中時計
銀鎖でぶらさげた

青の斷層圏

上り坂なのか下り坂なのか一向に解らない曖昧なその癖ひどく急勾配の坂道を、がやがやと騒々しい人の群に混つて私は汗をたらたら流しながら黙つて辿り続けていた。乾いた砂塵は絶えず捲き上り、黄色く歪んだ日輪が私達を背後から駆り立てるようにガタガタと天を翔けていた。

いきなりW字型の不吉な予感がズシリと来た。あいにく汗が両眼を犯して私には何も見えなかつたが、反射的に力一ぱい地を蹴つて溫水のような空間を跳び越えた。その一瞬の幻覚……いや確かに現実の阿鼻叫喚、崩れ落ちる青セメント!

ふと見廻すと冷たい霧か靄か一面に立籠めて人ッ子ひとり見当らずすぐ後ろにはまつ黒な断層の亀裂がぞくりと口を開いている。恐る恐るそれを覗き込んだ私は思わず戦慄して飛び退つた。……暗欝な淵の底からは腐爛したキノコの凄まじい臭いが劇しく騰つていたのだ。

行手には今度は蒼漠たる平原が遙かに拡がつていた。けれども私はもうはつきりと知つていた。その平地のあちこちに腐つたキノコの毒気を吐く深淵が幾つも幾つも私を待ち設けていることを。そして私がこの怖ろしい青の断層圏を唯一人渉つて行かなければならないということを。

川

アンダンテ
熱すぎる褐色土のぼろぼろと
崩れる秋波《ウィンク》
旺んなのはむしろ青みがかつた食欲
なんでもたべる　玉髄と紅玉と緑柱石
ぜい沢どころか　みな贋造品さ
風のガラスを引きずりこむと
むこうで鵜が　あわてて卵を踏み潰す
かあいそうに――水玉がキラリと失神

揺らぐアレグロ
さかさまの　歪んだステンド・グラスが

飛沫きの旗を掲げて水門へなだれこみ
はねちらす若さ　もよかろうが

黄色なシトロン香気のお嬢さん
旅する笛も思わず〈頬〉をあからめた
ぬれた地図のあまりに皮肉《シニカル》なプラン
急げ　雲が落盤するぞ

夜　楽士らは痩せた螢を抱いて眠る

十二月の詩

死は裸の梢に雲のように引懸っていた
手や足をひらひらひらひらさせて通って行く人々は
いつもそれを仰いでは鳥を矢で射落すことを考えた
死はたしかに裸の梢に雲のように引懸っていたのだ

なのにある日　木枯しが銅汁をうすれさせ
梢から死をひきちぎって行ってしまった
木の下を行く人々は梢を見上げても顔いろも変えなかった
しかし雲はひとりの顔をハンカチーフのように……

翼を凍らせて鳥はラムネのかたちでとんだ
そしてまた新しい死は雲のように梢にとまった

それを仰いで鳥を矢で射落すことを考えながら
人々は泳ぐように石の道をよぎった

はなばたけ

あのひととてもきれいだあのひととてもきれいだ
といっしんにおもいながらゆりのねをほる
そっちのあきちにはあかいたでのはながいっぱいで
ぼくのきもちがそこでせわしくゆれているのがわかる

墓地

露のおちた谷間いっぱいに
びっしょり濡れて白い花が咲いている
上の斜面の黒く滲《にじ》んだ灌木は抉りとられ
谷底に眩めくほどのその群落の暗さだ

秋の詩

僕はゆがんだ青銅の鏡にひそかに戦いの頌を記しながら
今また郊外の樹列を鳴らしてゆく風の嘲笑に耐えるのだ

Ⅶ　綴じずにのこされた紙に書かれた詩篇

奈落

その時僕は海岸の草一本生えていない赤茶けた断崖の上を歩いていたように思う。沖の方から潮風が絶え間なく吹きつけて、僕の耳にひゅう〳〵と喚いていた。獅子の形をした大きな雲が悠然と空を翔け、地平線は一直線にはっきりと膨張していた。足もとの崖の下では、大海の波涛が、あとからあとから、白い水しぶきをあげながら、息もつかせず押し寄せて来て、つるつる光っている岩にまっこうからぶつかってあたりをゆるがすよう雄叫びをあげて荒れ狂うのであった。

ごうつ　があつ　ごおつ

……ざつざざざざ……

……ひゅうひゅうひゅうひゅう……

それをじっと見ていると、僕の心はじーんと冷えて、まるであの波に洗われている岩のように、冷たく固くなって来た。そして突然、僕は、むくむくと入道雲のように、心の奥底から盛り上がって来たある一つの考えに思わず身をわなゝかせたのである。
――（僕は死ななければならないのだ）
それは、怒り狂う波涛の響と共に、僕を根本から揺さぶった。そうして、風は鋭くシーネッ　シーネッと囁き荒波砕け散りながら死ねっ死ねっと叫んでいるのだ。
――（死ねとか、ふん、死んでやる）
僕は、心の中とは正反対の、冷静な顔つきと態度で崖っぷちの岩の上にすっくと立った。白鷗が二羽飛んでいるのが見える。風がまともに吹きつける。
ごうつ　があつ　ごうつ　があつ……ざざざざざざつ
僕は一気に飛び込んだ。どんなかっこうで飛び込んだのか自分でもわからなかった。僕の足が一瞬大地から離れ体は宙に浮いていた。それと同時に、波打際の波浪が、シャワーのように銀色の泡沫をあげて一どきにごうっと引いた。彼らは目を見はり、口をあけてわあっと叫んだようだった。そしてその時僕は海の口をはっきりと見たのである。波の引いたあとに黒々と開かれた底知れぬ海の口を。僕をのみ込まんとする大きな口を。

一九五二・七・一五

夏の川

川の水は、青くすきとおり、ゆったりと
流れ、
とびこみ泳ぐ子らの声みち、
山の林の中は、風がふいて木木を鳴らし
高き木の梢に
小鳥らは声をはりあげてうたう。
ああ
山川に夏はみちあふれり

夏

櫻の葉はまみどりにしげり、
花咲く頃の名ごりなる、木かげの自転車あづかり所に、
自転車一つ
おきわすれられたかさびしげに、
まわりを涼しき風とりまく

星

雨戸をしめようとして
ふと空を見あげた。
星が一ぱいちらばっている
北斗七星はどこだろう
カシオペアは
あの星の光は
私が死ぬまで私を
人類が破滅するまで　人類を
永久にてらしてくれるのだ
さっと星が流れた
はっとしてよくみたら
気のせいだった。

Ⅷ

少年詩篇

（『道道　付 少年詩篇 道道補遺』一九七八年 書肆山田より）

夕立ち

そこは松林に囲まれた五六千坪ばかりの笹原であった。一日中さらさらと虚ろな音を立てたり、かと思うと不思議にしんと静まり返ったりした。夏も冬も、色が黄土色から淡緑へ、淡緑から枯黄色へと変わることはあっても、千年一日の如く、ひろがりもせず、せばめられもせず、ただ風のままに震えなびいていた。

周囲の緑茶色の松林はいつも黙って、厳然と笹原を守っていた。毎年毎年少しずつ背丈が伸びて、少しずつ森の風格を持って来た。林の中はいつもしん閑として、松風が飄々と枝を渡った。松どもの足もとの地面は、枯れ松葉が茶色く掩い、その上をときどき、赤い蟻が這いまわっていた。

ある夏の午後である。

松は黒く笹は青く、笹原は寂しかった。ときどきさあっと吹いてくる風に、笹は波のように短い葉を振るのであった。

ついさっきまで、うだるような酷暑をばらまいていた太陽は、いつか雲にかくれ、滑らかな笹原の丸天井を白や鼠色の雲が、忙わしげにあっちへ行ったりこっちへ行ったり、ただならぬ気配を見せていた。

そしてまわり一帯の雲が、この小さな青い丸天井へと、われさきに集合を開始したのである。いろいろな形のいろいろな色の雲が、風に乗ってまっしぐらにやって来ては、あわただしく丸天井の上を往来した。

やがてこの丸天井は、忽ちこの雲勢に掩いかくされた。雲はもう動きまわらなかった。そしてだんだん厚みを加え、灰色に低く垂れこめて来たのである。名状しがたい不気味さが笹原を圧した。

俄かに、しめっぽい風が、西の方の一際《ひときわ》濃い松林の方から吹き渡って来た。笹たちはいちどにそよぎたち、ざわざわとニヒリスチックな狂躁曲を奏でた。

と、その揺れ動く笹原のまん中あたりから、何ものかがむくりと起き上がったのである。

それは一人の老婆であった。ねずみ色に汚れた襤褸をまとい、背は低くおまけに背中が曲っていた。風がいきなり真正面から老婆に突き当たったので、老婆はよろけて危うくまた笹生の中に倒れようとした。老婆は手で空を掻くようにして必死に立ち直り、その固く握った痩せた拳を、目に見えぬ風を脅すようにぶるぶる痙攣《ひきつ》らせながら突き出して二言三言喚いたらしかった。けれどもその嗄れた叫び声は、もう一度力一ぱい吹きつけた風に吹き消されてしまった。老婆の乾いた白髪が一せいに後へなびいて、さながらその一すじ一すじ、細かい白蛇のようであった。老婆は、吹き飛ばされそうになる身の襤褸を右手で抑えながら、曲がった背中をできるかぎり伸ばして、さわぎ立てる笹原に佇立していた。

雲はますます低く、黒味を帯びて来た。風はもう狂ったようにあたりを馳せめぐり、笹は波立ち松林は呻いた。そしてついに、大粒の冷たい雨粒が、叩きつけるように降って来たのである。恐ろしい夕立ちであった。夕立ちなどという形容を超えたもの凄い豪雨であった。ごうごうという松林の咆哮は、地をゆさぶるようだった。地面を突き抜かんばかりの勢で降下して来る雨滴と、それを吹き飛ばそうとする風と、弾き返そうとする笹葉との間に、三つ巴の激しい争闘が展開された。

その争いの真っただ中に、あの老婆は依然として立ちつくしていたのである。落ち窪んだ両眼をくゎっと見開き、残り少ない歯を喰いしばり、やたらに腕を振り廻わしながら叫び喚いていた。しかしその声は、当の老婆自身にさえ聞えなかったのではあるまいか。それは人間の、自然の暴威に対する微小な抵抗の表徴のように見えた。

争いは激烈を極めた。松林の、腹の底から絞り出すような怒号がそれに拍車をかけた。笹原は既に敗北して、容赦ない風と雨との攻撃の前にひれ伏し、それを弾き返すだけの力もない。だが風と雨との間の争闘はどちらが勝つとも見えなかった。まるで二匹の巨大な爬虫類のように、笹原の上を荒れ狂っていた。

その時である。

丸天井のまっ黒な密雲の上を、稲妻がひとすじ音もなく走り、黒雲を裂いた。うす暗かったあたりがパッと照らし出された。と思うのも一瞬間、天地を叩き潰すようなすさまじい雷音が、耳を聾せんばかりに轟き渡った。それと同時に、ケェッ――！　老婆の最後の力をふりしぼった絶叫が、わななくように周囲の松林に反響したのだった。

笹原に立つ老婆の姿はもう見あたらなかった。倒れ伏す笹どもの中に老婆も亦、打ち砕かれたように倒れていた。

あの雷鳴が、風と雨との、争闘に対するジュピターの審判であったかのように、雨は次第に小降りとなってやがてやみ、風もすっかり力を失って、どこか松林のずっと遠くへ退散してしまったらしかった。

雲は色褪せて千々に乱れ、それぞれ自分勝手に八方へ飛び去って行く。そして青空のきれっぱしがちょっと覗いたと見る間に、それはどんどんひろがり、やがて、燦然たる日輪が再びその高貴な姿を現わしたのである。笹どもはいつのまにか立ち直り、すっかり瑞々しくなった松林と共に、この輝く帝王を迎えた。松の枝から笹の葉から、この世のものとは思えないほど美しい金剛石が、きらめきながらしたたり落ちる。……その中に、黒く汚なく、老婆の体は、倒れたまま、いつまでもいつまでもじっと動かなかった。

東の空に七色の虹が懸って、そしてやがて、青空に溶けこむように消えて行った。

蛇と野原

はてしなく広い野原を、黒い、太い、長い蛇が一匹、のろのろと身をくねらせながら通り過ぎて行った。じりじりと暑い太陽が、容赦なく照りつけていた。丈高く茂っている夏草をわけて、黒い蛇は這っている。

久しぶりに風さえ吹いて、骨ばった茎に暑苦しい緑の葉をむれ立たせていた夏草たちは、このグロテスクな闖入者に一せいにざわめきたち、蛇の行く手の草などは大きく両側に割れて首をのけぞらせながら迎えるのであった。遠くの方のひょろ長いヒメジヨオンの老嬢たちも、首をあらん限り伸ばして、この蛇を見ようと葉をふるわせていたのである。

黒い蛇は、自分が惹き起こしたこの大センセイションには、何等の興味もないというふうだった。黄色く濁った目は、何か目に見えぬものを見ようとしてぎらぎらと光り、大きく裂けた口からは焰のような舌をちろつかせ、黒いなめらかな皮膚の下に溢れるばかりに湧き立つえたいの知れぬ情熱と焦燥にかられているかのように、むせかえる夏草の中を這って行くのだった。草たちはてんでにせわしく葉や花をうち振りながら早口に喋り合った。その声は彼ら以外には唯ざわざわという磨擦音にしか聞えず、いわんやその云っていることなどは聞きとり得べくもなかったが、それはみな、かの黒い蛇のうわさ話であった。

あざやかに波うつ軌跡を残して、蛇は遠ざかって行った。夏草たちは熱狂して伸びあがり、夢中で緑色のハンカチを振ったのであったが、その黒い英雄の姿は、地平線の煙ったような森の方へと、遂に見えなくなってしまった。蛇の通った跡は明瞭に残っていた。草がはっきり左右にわかれて、その割れめから黒っぽい土壌が見えるところもあった。草たちは暫らくの間、にぎやかに喋っていた。何と云っても今の出来事は、近来の大事件だったのだ。百年ぶり、いや二百年ぶりの……。茎に蛇の鱗でかきむしられた傷をつけている草などは、大自慢でそれを見せびらかすのだった。

しかし草たちもだんだんと飽きて来た。ひとり黙りふたり黙り、風神の袋もからになって、広い野原はまた静まりかえった。太陽は依然として暑く、ひからびた空には雨雲のかけらさえなかった。無限の退屈が再びあたりを掩った。夏草たちは、互いに話合うだけの気力は微塵もなく、自分で物事を考えるのさえもの憂かった。何もかもがけだるくのびきっていた。草たちは、時々熱っぽい息を吐きながら、霞のようにうすれ行くさっきの事件の記憶を、するともなしに追っていたのである。

中天に陣取った太陽は、すっかりそこに腰を落着けて、じりじりと照りつけながら、いつまでたっても、少しも動く気配もない。

左右にわかれて倒れかかった草はもうもとどおりに立ち直り、蛇の通った跡は、あとかたもなくなっていた。

機関車

湿った土手の黒土をゆるがし
黄緑の春光を席捲し
今　眼前を東進する
巨大なる直翅類
高台の下遙かなる広田
貧しき郎党を引き連れて
倦怠の底を西下する
哀れなる鞘翅類

風とことば

だあれもいない野はらの風のなかで
大声に女の名まえを叫ぶことは
いったいわるいことでしょうか
風はたちまちにその声をひっさらって
ねずみいろの中天へ投げ上げるでしょう
そこでちりぢりになったそのことばは
ばらばらに見も知らぬ草野の中へ
ちらばってしまうにちがいありません
そうして土竜や野ねずみが
そのことばのかけらをひろい上げて
ずいぶんとふしぎに思うかも知れません
けれどもじっさいほんとうに

それはわるいことなのでしょうか

松樹独白　(*Mental sketch copied*)

空は黒く口を閉ざしている。星一つない、暗い夜。初冬の夜。風はない。あたりは静寂の完全な支配下。

私の根方から、小さな微妙な音が、かすかに伝わってくる。うそ寒い大気の沈澱。びくとも動かない幾千の細い葉先が、ツンツンと、ちぢこまりはじめる。

ここは野原のまん中。私は松の孤児。もっとも五十米位北側に、ぽくぽくした松の矮林が、ごくなだらかな丘陵の斜面を掩ってはいるのだが、彼等は私とは口もきかない。まだまるでちっぽけなこの私を馬鹿にして、風が吹くたびに変な声で嘲笑ったりする。その彼等自身でさえ、私より一米ばかり高いだけなのに。……で、私はひとりぼち、醜い小松。今夜は彼らも静かに息を吐いている。間の抜けた彼等の幹。もくもくした髪毛。

空は黒い。けれども野原は尚更真黒い。だから遠くの遠くの方にかすかに地平線が見えるのだ。そこもぼおっとぼやけている。どうも寒い。ぞくぞくしてくる。幹にまた一すじ、ひびがわれたようだ。

風が吹いてくる。所謂木枯しというやつだ。ひゅーびゅう……ひゅーッ　能面の口笛。……野原一面の枯草が、にわかにざわめきたてる。VOID！私の針の先も、シュルシュルと妙な音を出して震えるうしろでやつらが早口にささめきかわす。寒い。根から伝わる音がふと絶える。

その時だ！　何気なく私が目を上げて、広い野原を見やるその瞬間、その野原のずっと向うに、ほのじろいマアキュリの杖が、まっ暗な天からいきなり、音もなく突きおろされるのだ。

そして、カチカチッ　と、冷い金属性の音がひびきわたり、天はたちまち破け、裂ける。風だ……能面の息吹き。レモナードの霧がわくわくと降り、雲は乱れる。今や斑雲。それがどんどん南へ吹っとんで行く。

枯れ野のざわめきは冥府の合唱だ。矮林どももさわいでいる。実に寒い。針葉が六七本、ばらばら落ちる。Damn cold！

まだら雲、みんな吹っとべば、濃藍の夜空に十六夜のとろけるような月だ。（爛熟した梨の実――氷漬の。……）月光は皎々とふりそそぐ。風が、はたと止む。


いつのまにか、私の目の前にぬくっと立ちはだかるのが、一匹の青い小鬼だ。（どきりとして、枯草たちも、松の奴等も、ひそと鳴りを静める。）小鬼は、痩せてごつごつした両腕を胸にくみ、甘酸っぱい汁をしたたらす月の面を仰ぐ。にやりと笑う。ぎろぎろした雙の眼玉。唇の裂けめの両端からのぞいている、鋭い牙。

風がまた吹きわたる。あやしげな褌のはじが小さくひらめき、肋骨の浮いている青い胸に、私の黒い影が映っている。ゆれている。

（うう……寒い。）小鬼が、嗄れ声で云いかける「月よ、おまえは……」急に口を噤む。ゆらり　よろける。笑う。それは既に、青白いアルコールランプの炎、ゆらめく野火だ。さむざむとしたその光。……今に消える。

月光は冷たく降る。風はやみ、あたりは静まりかえり、夜は更ける。（寒い。）

薔薇

風が笑えばゆらめく薔薇《ばら》
風が怒ればまっ赤な薔薇
棘も静かなからたち垣根
お庭の薔薇はまっ白な薔薇

どこか遠くでそういう子どもたちの歌声を聞いて、私は目をさました。

とたんに目の前に、美しい紅色の頬をした少女が立っていた。私はどぎまぎした。すると少女はほおえみながら云った。

「あの、薔薇が咲きましたのよ」

その薔薇はあなたでしょう、と私は危うく云おうとしたが、やっとそれをこらえて、なにげないふうに私はきいた。

「紅薔薇ですか、それとも白薔薇ですか」

「赤い薔薇ですの」

ああ、あの薔薇だな、と私は思った。

「どこですか、その薔薇は」

私はぶどう色の少女の瞳から目をそらして、青ぞらの、セメダインの匂いのする小さな雲を見ながらそう云った。

「あちらですわ。ご案内しましょう」

少女は私の手をとって、あるきだした。

柔らかな少女の手の感触に、すこし気恥かしく思いながら、私はついて行った。

つたかずらが巻きついているせまい門をぬけると、もうそこは新鮮な植物のかおりが充ちているりっぱな庭園だった。

少女はやはり私の手を引いたまま、ヤツデやアオキの間の小径を進んで行った。

そしてやがて、私たちは、U字形にレンガで縁取った花壇とおぼしき所に着いた。そこは周囲より一段ひくくなっていた。その花壇には、さまざまの植物が植えられてあったが、花をひらいているものは一つもなく、なんだかひどくさびしい所のように思われた。

「薔薇は？」

と私は少女にたずねた。

少女は私の方をふりむいてほおえんだ。

「もうすぐよ」

少女はさっきよりもきつく私の手をにぎりしめて、どんどん進んで行った。

その花壇を迂回してむこう側の隅へ行くと、目の前の、若草のもえる土手が裂けたようになって、そそり立つ赤土の壁の間をほそいみちがつづいていた。

私たちはその小径をあるいて行った。

するとしばらくして小径は終り、小さな木の扉があった。

少女は私の手をはなして、その扉をキイイとむこう側におしひらいた。

そしてひょいと扉の外に出て、ふりかえって私を手まねきした。

「いらっしゃいよ、こちらへ」

そこで私はおそるおそる外へ出た。

するとそこは、まるで様子がかわっていた。

まったく、そこは四方を赤土の崖でかこまれた、ごくせまい四角な砂地だったのである。

地めんはかさかさにかわき、砂は赤茶けてざらざらしていたし、空はいつのまにか、灰色にくもり、おまけにその砂地のまん中には、みどりの葉など一まいもない、くきと棘ばかりの薔薇のやぶが、まるで気味のわるい生きもののように、よこたわっていた。

少女はと見ると、その薔薇のやぶの傍らに立って、にこにこ私を見ていた。そして云っていた。

「ね、ほら、こんなにきれいな花が」

私は少女の傍らにあゆみよった。そして、少女の指さしている所を見た。

するとなるほど、こわばったつるに、もえるような一輪の花が咲いている。

私はじっとその花を見つめた。と、その花はかすかに私の方へ額をむけた。花の眼や口は見えなかったが、たしかにその花が私を、その濃えんなめしべのおくからにらみつけたのを、私は知った。

急に私は、はげしい憎悪を感じて、その花をにらみかえした。そして思わずさけんだ。

「おれは薔薇の花はきらいだ!」

さけんでしまってからはっとして少女を見た。

少女の顔はみるみる青ざめ、色あせたくちびるをふるわせた。そしてくずおれるようにひざを折ったかと思うと、にわかに両手で顔をおおってはげしくすすり泣いた。

私はうろたえて、あわてて少女の肩に手をかけた。

少女はますます身をもんで泣く。

ああ気のどくなことをした。あんなことを口走ってしまったりして、ほんとうにわるかった。だけどあれがおれの本心だからしかたがなかったとも云えるんだ、とこんなことをせわしく考えながら、私は少女を抱くようにして云った。

「どうなさったのです。なにかお気にさわりましたか」

云いながら、なんていやなせりふだ、きざなせりふだ、と私は思った。なんとかひとことでもあやまりたい、ゆるして下さいと云いたい、と思ったが、どうしてもそれが云えない。

私はすっかり困りはてて、少女の肩に手をおいたまま、薔薇のやぶの方へ目をやった。

するとあの真紅の花はいつのまにか枝から散って、赤茶けた砂の上に、まるで血のように、べたりと落ちていたのだった。

春の歌

ツルンとした空で、お日さまはあたたかく照っていました。けれどもつよい風が吹き、雲はどんどん走りました。

「投げろ　投げろ　四十雀《しじゅうから》！」

わたしはおもいきり大声でそう叫びました。

するとむこうの木の上で、だれかが鏡をチカリと光らせながら叫びかえしました。

「ギャラスケルが降るぞ、逃げろ、倒《たお》れろ、ほらもうすぐ降るぞ」

そしてほんとうに、三角形のギャラスケルが、一めんに降って来たのです。

ギャラスケルっていったい何だろう、あなたがたはきっとそう云うでしょう。

でもわたしにも、それが何なのか、よくわからないのです。

ともかく、ギャラスケルは一ぱいに舞いおりて来ました。そしてはげしい風にあおられながら、みんな歌っていました。

「スレット　ダラッケ　スレッテル
風は怒りのれんげ草
めぐって　めぐって　スレッテル
スレッテ　ダラッコ　スラックル
光は怒りのゆりの花
ゆらめく　ゆらめく　スラックル」

ところがいきなり、がらんどうのものすごい風が吹いたものですから、ギャラスケルは一ぺんにすっとんで、あたりは急にガランとしました。

わたしはまた叫びました。

「投げろ　投げろ　ほととぎす！」

しかし今度はだれも答えて叫ぶものもなく、むこうの松はただほんのおあいそに、針の葉ッぱをゆらしました。

わたしはその松にちかよって、幹をとんとん手のひらで叩きました。

するとき幹の中で蚊のなくような声が
「グレッテ　バラッコ　ボロッペル」

と、つぶやくように歌っています。

「ははん、こいつかぶれたな、ふんふんかぶれたな」

わたしは笑って幹をぐらぐらゆさぶりました。

葉や枝はざわざわとゆすれ、根はぎしぎしいいました。

わたしはなおさら力を入れて幹をゆすりました。幹の芯の方でさっきの声が
「や、やめてくれ、やめてくれ」

と、一しょうけんめいわめいているようでしたが、わたしはそれにもかまわず、ぐらぐらゆさぶりつづけました。

そうしたら、ごろろんという妙な音がして、松の木はとうとう根もとから倒れてしまったのです。

わたしはその倒れた松に耳を当ててみました。しかし幹の中はしんとして、何もきこえません。

「ひかれ　ひかれ　くまんばち！」

叫んで笑ってわたしは松の木からはなれました。

そして、わたしのせたけより少し高いくらいの、明るい可愛いい松林の中へ入って行きました。

松はみんな細々として、きれいに列を作って並んでいます。

そして、あんなに強かった風も、もうすっかりやんでしまったらしいのです。

しばらく黙って歩いて行きますと、にわかにわたしのすぐうしろで、ばさりと、何かが落ちたような音がしました。

ふりむくと、そこにはそばの松の枝からおちたらしい大きな六角形のはちの巣がころがって、まるでつばめほどもある恐ろしいキン色のはちが三匹、ギラギラと体をひからせていたのです。

わたしはまるっきりびっくりして、おもわず五六歩走って逃げました。それからおそるおそるふりかえりますと、その三匹のはちは、明るい日のひかりの中にはねをかがやかせながら、ゆっくり巣の上をとびまわっています。

そして、よく耳をすますと、はちたちはたしかに、うたをうたっているのでした。

「バララン　バララン　ブルルルン
まるい　すみれに　日のひかり
でんしんばしらの　しろびかり
さかさにつるす　六角燈
バラン　ベレレン　ブルンブルンブルン」

するとその時、一陣の風がざざあっと松林に吹込んで、林ははげしくざわめきたち、そして若々しいアルトで、じつにみごとに歌いました。

「ザラッケ　ザラッコ　ザンザザン
冬はつめたい　日のひかり

春はきいろな　日のひかり
さし出す小枝の　青びかり
はくもくれんの　銀の花
ザラッケ　ザラッコ　ザランザランザラン
ザラッケ　ザラッコ　ザランザランザラン」

はちどもはもう気ちがいのようにとびめぐりました。ギン色の羽はきらめき、その体からはぴかぴか光るこまかい粉が、ばらまかれたように見えました。

ところがそれが、いきなり音もなくフッと消えてしまったのです。

林はたちまち静まって、しーんとなり、気がつくとあの六角形のはちの巣も、どこを見まわしてももうありませんでした。

林は明るく、つちぐりの花も黄色くほのかに咲いています。

「花のコップで　光をのめば
水はサラサラ、カランカランカラン」

ひとり口の中で歌いながら、わたしは林を出ました。

お日さまは静かに西の空に光り、野はらはずっと遠くまで、さびしくひろがっておりました。

白夢

黄色な風が吹いて行く
あとからあとから吹いて行く
それはまるでぼんやりした鼬の群
乾ききったモンゴルの塵を捲きあげて
北へ北へと移って行く
その兇暴な眸を時々ちらちらさせながら
それこそまるっきり獣のむれで
ここは今はもう砂漠になったらしいのだ
おれは傍で眺めている
腐った駝鳥の卵も苦にはならぬ
今こそ砂漠の真昼なのだ
黄色な風は嗄れた声で

おれのそばを喚いて行く
おれは黙って目を細める
すると砂つぶはみな金剛石にさえ見える
そいつが何故おれの顔にも吹きつけないのか
おれは知らぬ
風は恰も逃げるように
斜めにおれを避けて行く
そのくせ足もとの砂はサラサラすべり
裾もしきりにひるがえる
ここでもおれは異端者なのか
おれが立っているここは
いったいやはり砂漠なのか
黄色な風は空いっぱいに翔け
遠くの砂丘の影ばかり
かすかに砂を流している

焦慮

風にゆれる
楊の梢の
一本のえだ

そらはぶりきいろの
えなめるの……
そのそらを
ひっかき
ひっかき

林とぬけがら

ごらんなさい
風が燃えていますよ
まるで桃いろの渦をまいて
ちらちらちらちらちら
燃えながら流れています
　……からすは口を静かにひらき
夕映えのことを英語では
afterglow っていうんですね
あすこの松杉混淆林も
みどりと栗のアフタ・グロウ
ちょっと素敵なけしきでしょう
　……からすは口を静かにひらき

そしてね　あの林の中でね
下生えの弱々しい草にうずもれて
さっきぼくの落としてきた風呂敷が
粘々する旧いぼくの思想を包んだまま
きっとゆらゆら
炎をあげているんですよ
……からすは口を静かにひらき

詩と林檎　(*interview*——六月)

風が眠るとき
わたしの声は
いかにも明らかな
不透明昇冪結晶です

などと云いながら
親愛なる山詩人ザッコ君は
にやりと笑って
梢波うつ松古里山《まつごりやま》の頂へ
ななめに視線を上向けた

……するとつまり

あなたという現象は
でんしんばしらの碍子ですな……

僕のこんな愚問にも
わが敬慕する山詩人ザッコ君は
怒りもせず頬を赤らめもせず
ごく鷹揚に答えて云った

ええ
つまりはそうです
白くて高いやつです

　　　そこで僕が図に乗って

……詩と林檎とではどちらが

水分豊かとお思いですか……

などと訊ねたものだから
孤高の山詩人ザッコ君は
頬もかすかに青ざめて
そっぽを向いてしまったのだ

(風が林の遠くをわたり
いかにも敏感な
葉緑素系感応体を鳴らしていた

初夏

どこか遠くの細いガラス管のなかで
白い湯がしきりに沸騰している
色あせた血紅玉髄《サアド》の目盛を焦《じ》らしながら

花について

薔薇

揺れているのは蜂鳥《ハニーバード》の心臓　水色の矢が静かに狙いを定めると　くるめくくるめくくるめくくるめくくるめく……肉心の太陽環
背景が第四楽章のように呆心した

向日葵

黄蜂の羽音眩ゆく陶皿の白い一片チエルノ

ゼムに埋れて触覚を蠢かす狩人の鞘翅の黒
黒黒　黒
黒は確かに摩天楼の潜窓18万・影の弾薬庫

椿

電撃……
少女はそのまま土橋の上に崩折れた
悠然として川を下る落花一輪

山百合

谷川は水車小屋のオルガンを鳴らし
白ちゃけた陶製の魚の朝
雲の彼方でケンタウルスが軋り
星宮の笛ももうやんだ頃
蟻のゼビラは花弁の露に溺れて死んだ
山間の劫《カルパ》の部落は
磨かれたジュラルミンのように眠っていた

まひるの囚

ツルンと青びかりの道を　やせこけた一匹のメガネザルが　うつむき　おぼつかない足どりで歩いている。道は青い。青すぎる　砂漠の川。

メガネザルは下を見て歩く　小きざみに慄えながら。目の前の　この青い帯が　今にも　巨大に決壊して　メガネザルをのみつくそうとするような。そんな怖ろしい予感を鼻さきへぶらさげて　茫漠の気層を　よぎって行く。

メガネザルの　黒く湿った肌に　汗が流れる。足の下の青い流れは首すじへ　鉛のように沈み　眼球は融けて骨盤に粘る。道は果てなく　メガネザルは歩きつづける。

（両側の広い世界への脱出を夢見たこともあった。しかしとにかくこの道を外れることは絶対に起こり得ないのである。遠い昔彼はそれを知った。今は知らない。在る所に既に彼はないのだから。）

遙かなゆくての　旗竿のさきには　血みどろの肉片が　ぴらぴらと
風にはためいて　ぶらさがっている。

力学

強烈な日ざし――
蛇の臭いのする緑の葉蔭に
くらくらと　内向の波紋が定位する

……脚　ふとい陰花植物の　奇妙に豊かな白いふくらはぎ　僕は蛙
のようにすきとおって　その肌に吸いついた　罪のようにひろがる
赤い花　その中心へ　ずィと　舌を差し入れる……

その瞬間
僕は豚のように蹴りあげられたが
……〈果たして蹴りあげられたのか

気がつくと僕そのものは
おそろしいスピードで　花冠の底へ吸いこまれていたのである

夜汽車

……スピードがあってスピードがない

山じゅうの木という木は皆おたがいにしっかりと肩をくみあっていただきの杭へとせりあがっている。その間を汽車は黒い罪人のように走った。

足も手もでんしんばしらのように長いまっくろな大男が一面の野火の群落へたおれかかる　影はとだえ。つめたく沈んだのはらの闇のなかを汽車は黒い罪人のように走った。
前へ前へとちからいっぱいのめって行く眼前に　いつも二筋のほの白いレール。

ぼくのふゆ

かぜのなかに　め
があった　とおざ
かりながらぼくを
みつめてる　あの
めはなんだ　ぼく
はくちびるをむす
んで　そのめへと
きれこんだ　にげ
るめのぼるめ　ま
わるめ　くもりび
の　このはがめぐ
るしきいしみちを

ぼくもこのはのよ
うにおどりながら
めをおって　むち
をふり　まきこみ
ながら　ながれて
いった

……かぜのなかを
しろいひとのよう
にながれていつか
ぼくはあの　め
を　みうしなって
いた　とほうにく
れてこのはのうず
にしずんだ　ぼく

そのときくもがわ
ずか　きれてつめ
たいすてんどぐら
すのあおがのぞき
かわいたぼろをな
らすがいろじゅの
みちのむこうをす
すんでくる　とお
いちいさな　ぼく
のかげ　があった

報告

揺れているのは
しろつめくさの群落です
じきに鎮まります
いやなに
鼬めがちょっと煩悶しただけで
たいしたことはありません

そら　どうです
もうすっかりおさまって
白い花の番号も　今は
じつに立派な等差整列です

植物と友情

霧のような雨がさァと通って
あとは妙に赤茶けた代赭土《ラドル》の畑道
ゆがんだコップばかりしきりに投げるのは
あれは一段と高雅な電信夫たちだ
じつに汽車さえも滑りそうなみごとな電線なので
ぼくだって黝い雨後の樹芯ぐらいは
考えてわるいわけではないのだが
さりとて友人もたいせつなものさ
野はらや畠にはいつでも群衆意識がある
だから　いま　そのぼくが
白いガラスの案山子みたいな友人を
ステッキにぶらさげてあるいて行くと

膝小僧までびしょぬれだ
ひときわ高い杉のきに夕べの鐘
東の空には永遠が青ざめながら犇めいている
そのあまりに稀薄な地平線
ぼくの家　あのあたりなんだよ
また沈澱が青い　ビニールでは軽すぎる
大丈夫　停車場はもうすぐだろう?
すっかり灰いろの部落に　小さく灯がともる

報告

報告　第九百七十一
七号林の山火事は
午前九時七分　投網を用いて消し止めました
放火犯人は山鳥五羽衆
そのうち二羽は逮捕いたしまして
火刑ののち塩をまぶしました
たいへん美味《うま》かったであります
あと三羽は逃走いたしましたが
ただいま六号林に潜伏の模様であります
つけ加えて報告いたします
第十三号林西端のかたくりの花は
調査の結果　尖晶石《スピネル》づくりと判明いたしました

以上　報告終り

晩夏

青らんだ石の記憶が
一方では透った風の航跡のようにうすれ
また　底の方につめたく浸みわたりはじめる
少しずつ　たそがれの砂の帳を切崩しながら
そしてやがては　僕の胸膜を
蹣跚《よろめ》くばかり深々と水びたしにするのだ

石けり

こなごなに白く砕けたま昼のそらから
熱っぽいひかりが零《こぼ》れている……
ぼくは街路でひとり　石けりをやっていた
土瀝青《アスファルト》のうえにチョークでまるを描きそこへ小石を抛りこんでおいて
ぼくはぴょんぴょんと片足でとんだ
街には人の姿は見あたらなかった
なぜならそれはぼくの町だったからだ
ぼくの町には人などひとりもいないのだ
まっすぐな街路の両がわに門はいくつもしんとして並んでいた
門の内がわでくすぼけた樹木があつい息をついていた
一、二、三、ぼくは小石のあるまるへとびこんでつまさきで小石を動かした
そして静かに次のまるへけりこもうとして　ふと目をあげたそのときぼくは

まっすぐな街路のおくに　ぽつりとひとつ
黒い人影を見たのだ
なんということだぼくの町にほかに人のあるわけがない
あれはぼくの影だろうか　あれがぼくだろうか
いいや　あれはもちろんぼくでない
ぼくは目をこらし　それから踵でくるっとまわって見た
やはり見える黒い影があるいてくる
ぼくはくるっくるっとこまのように何度もまわっては街路のおくへ目をやった
そのうちにぼくのなかでガラスががたりと崩壊《くず》れちって
そこらいっぱいになったガラスの破片のそのひとつひとつに黒くちいさな人の影がうつっている
ぼくはむちゅうで今度は逆まわりにくるっとひとつ回転した
そのとたんあたりは急にしんとしてガラスは消えくらくらとひかりのそそぐ街路のおくにあの人影などありはしなかった
白っぽい道のとおくで空気がかすかにゆらいでいるだけだ

ぼくは両手をだらんとさげてまだしばらくそっちを見やった
いま見えないということは見えなかったのだということとおんなじだ
つまりやはり誰もこなかったのだ
ぼくの町には人っ子ひとりいないのだ
門のなかの樹木のかげに家々は墓のように戸をおろしたまま
だまって目をとじて居睡っていた
町のすべてが光っていないくせに熱く白くまばゆかった
ぼくはまた石けりをした
むこうのまるへ狙いを定めて小石を抛りこみ
ぴょんぴょんぴょんと片足でとんだ
けれども何かがぼくのなかでちがっていた
もう石けりはあきたとぼくは思った
それでも石けりをやめてべつにどうするということもない
ぼくはちいさくなったチョークを出して土瀝青《アスファルト》にもう一つ新しいまるを描いた

夜

夜のむこうの　野原が青ぐろいあたりで
鳥どもがひそひそと動きまわっている
つめたくすべすべした翼《つばさ》を　静かに
ひろげたりすぼめたりしている
背なかの上に重かった星ぞらがなくなり
そのあとの　奇妙に大きくがらん洞の天なので
どうにも見当がつかぬというふうだ
青じろい眼のたまをきょときょとさせて
鳥どもは　たよりないとまり木をゆすっている
しんとした草の海に影は卒倒したまま
夜の果てに天の襞《ひだ》はちぢれこんだまま
そして　義眼のうしろにいる鳥どもの内部で

夜は樹木となり闇のなかになめらかなうで、を突立てているのだ

＊

くらやみから裏ぎられたひかりがにじんでくるそらの下で
夜はまくろな風景をわしづかみにしている

（ほんとうは……）

ほんとうはつまらないのではないか
ふと気づいた瞬間冬の常磐木の手の林が
どんなに閃緑岩のように風にゆれたところで
それはつまらないのではないか
死者の都会の薄明に高々と
樹がどんなにやさいのように貼りついていたところで
ほんとうはつまらないのではないか
石塀が崩れた穴をあけていても
つまらないのではないか
どんな遠くの平原に土造の館があっても
それはつまらないのではないか
割れめの向うで街が

罠のように街が刺さりこんでいたところで
つまらないのではないか
ひび割れた舗道をひとすじほそく
どこからかの水が這っていたところで
ほんとうはつまらないのではないか
誰もいない街道に鐘がこぼれてもつまらないのではないか
林がどんなに丘になっていたところで
からすが気まぐれにびっこをひきひきとんでみたところで
どんなにねずみ色のとげとげした霧が街を蝕んだところで
植物どもがどんなに人間よりにんげんみたいに見えたところで
野はらでひっそりした祭りがあったところで
つまらないのではないか

marie

解題

金石稔

　天沢退二郎は、一九五七年、東大の二年生、二十一才の秋に、第一番目の詩集『道道』を私家版（舟唄叢書第二輯）として刊行した。その十五年後の一九七二年、詩人は青土社から当時の全詩集を編んだ。当時ははっきりと感得できていなかったのだが、今改めて思い返してみるに、その本は、従来の既刊詩集を合わせて一冊の「全詩集」とする考えとはいささか違って、ある種の「違和」を感じさせるものであったように思う。それには、第一詩集『道道』、第二詩集『朝の河』、第三詩集『夜中から朝まで』、そして、「これこそ、日本における口語現代詩の先駆的な詩集だ」と、読者に、とりわけ当時の詩人と自任する人々に衝撃をもって受け止められた一九六六年の第四詩集『時間錯誤』、それに第五番目の『血と野菜』までの五冊の単行詩集は確かに収められていた。けれども、この『天澤退二郎詩集』を一読した当時は何かしら妙な「感じ」を覚えずにはいられなかった。それが何からもたらされた感情であったかは、今なら、はっきりと指摘できる気がする。

それは、第一詩集に関わる次のような事情から来たものだったと。詩人が実際に「全詩集」を作るに当たって強く意を注いでいるのは、「全」詩集をどのようなものとするか、その全容の統一感に対してではなくて、第一番目の詩集『道道』の在り様に関わることのみにあるという印象を与えること。なおかつ、この印象は『道道』収録詩篇「以前」あるいは、その「後」の詩篇に言及したうえで、『道道』の構成にある改編を試みていることによるのだと。

詩人は、全詩集の「あとがき」に「『道道』前後の未刊詩篇を、前は、「初期詩篇」、後を「道道補遺」として収めることにした」と書き、続けて「十代後半の習作のうち、少なくともある種の方法意識をもって書き、発表したもの」と述べたうえで、第一詩集『道道』の前に（いわば、遅れてきた処女詩集とも言うべき）全二十詩篇の「初期詩篇」を収録したのだった。

この第一詩集『道道』前後への詩人の執着（と言ってもいいだろうか）は、この全詩集の六年後の一九七八年に、『道道』の新版にあたる『道道　付　少年詩篇　道道補遺』を書肆山田から出したとき、さらに強いものとなってわたしたちに示されることになる。

精確にその事情を知っていただくには、実物の書肆山田版『道道』に就いてもらうに他はないが、「『少年詩篇』としたのは『道道』以前の作品数百篇から辛うじて選んで『天澤退二郎詩集』に「初期詩篇」として収めた二十詩篇に今回さらに四詩篇を加えたもの」(「おぼえがき」一部分省略の上抜粋)という箇所はぜひとも引いて置きたい。

二つのことがわかる。一つは、「初期詩篇」が四篇増えて全二十四篇の「少年詩篇」と名を変えたこと。もう一つの方が、意義深いことなのだが、天沢退二郎という詩人には、この時点では、いくら譲歩しても選べないとして残された「数百篇の作品」があるという、そのことだ。

後年の詩人は、振り返って二十四篇の「少年詩篇」を公刊することが出来た(あえて、そう書いて置く)。後の青年は確かに、往時の少年だった自身のありよう、とりわけ幼いことば遣いを取捨できるだろう。けれども、少年は当時のことばの中にのみ埋もれたままで、年を取ることは叶わぬのだろうか。理屈は何とでも言える。それは事後の「ことば」だから。あるいは、こうも言い換えることが可能なのだ。詩篇を書いた詩人は、つねに選ぶ詩人と同じ存在たりうるものなのか、と。

少年時代の詩人（彼は時間的には、もはや、存在しない）、かつての詩篇のことばであった〈詩人〉とは、長い時間を生きている現在の〈詩人〉にとって、またぎ越すことの叶わぬ時間のくびきではないだろうか。単なる郷愁、回顧してなつかしむ「少年」時代とは詩人にとって無縁のものであり、だからこそ、またそれは現在詩人たる者の執着の源であり続けるものではないだろうか。いや、これとても違う。むしろ、「書く」と「選ぶ」という行為は、同じ詩人の行為であれ、実際には共存しえないこと、異なる世界での異なる行為に属していて、実は何ぴとも行為自体を正当化しえないと認めるべきなのだろう。

さて、本書『『道道』までの道道』は、この「執着の源」を読者諸氏に示したいという意図のもとに企画されたが、結果として、誰がこの詩を書いたかの答えを、選ぶという正当化不能の行為によって見出そうとする矛盾に満ちたものとなった。

この本を手にされた読者によって、「天沢退二郎はここにいる。同時に、ここには、天沢退二郎がいない」そう、感じ取ってもらえたら、題名を「『道道』までの道道」と名付けた意味と意図とが伝わったのだと、これをもって喜びとしたいと思う。

本書は全八章によって構成されている。「少年詩篇」を第八章として最後に置き、それ以前の詩集としては未公刊の詩篇を第一章から第六章までほぼ時系列に従って収め、制作年を確定しがたい作品を含め綴じられずにのこされた紙に書かれた四詩篇を第七章に添えた。以下、第七章までの各章の内容を簡単に記す。詳細については、後段の各章ごとの「概要」に拠られたい。

第一章は天沢退二郎少年が一九四八年頃に書き「ぼくの作品集【津田沼小学校(五・六年)時代】」と題して二百字詰め原稿用紙に黒インクのペンで清書して束ねたもの、第二章は反古の西洋紙の裏面に鉛筆書きした千葉市の緑中学校三年頃の詩九篇を『天鐘詩抄』と名付けて、ホッチキスで綴じたもの、第三章は見返しに「1953,1,10」と日付(使用開始年月日か)のある手帳に鉛筆で書かれた詩十三篇である。第四章は同じく、「1953,6,15」と日付のある手帳にこれも鉛筆書きされたもので、そのほとんどが詩人の高校二、三年生に当たる時期の詩二十三篇である。第五章は同じく手帳、東大生協発行の昭和三十一年(一九五六年)カレンダーつきのものに書かれていた詩十篇であり、このうち「道標」と「(塀の上にみじかい草が生えていた」の二篇は若干の変更、およびタイトルの書き入れなどを施して第一詩集『道道』に収録されたものだが、その異稿と考え、ここにそのまま置いた。本書では、第三章から第五章の三冊の手帳をそれぞれ手帳A、B、Cと表記したが、手帳に記された詩を本書に収録するにあたり便宜上付したものであり、天沢自身が記したものではない。次の第六章は、千葉第一高等学校文学クラブの機関誌と詩誌「蒼い貝殻」に載った八詩篇を収録した。第七章の四つの詩篇は、無線ノートを剥いだと思われる紙片、また西洋紙の裏面、原稿用紙などを使って書かれている。ここまでで、合わせて七十八篇となる。従って、本書には、「少年詩篇」二十四篇と合わせ、総百二詩篇が収められていることになる。

わたしたちは、この詩集によって、詩人天沢退二郎の少年時代から大学二年時に出版した第一詩集『道道』に至るまでの詩がどのようなものであったかを時間的、空間的に「俯瞰」することができる。

一詩人が詩に至る道というものは、当然ながら多岐にわたるものだ。しかも、詩人本人にあってさえも、どの道を選ぶことになるのかは、予期できないのみならず、不可知でさえあるのではないか。そうであっても、いや、そうであるからこそ、後生の読者たるわたしたちが、現在、詩人に出会うための一方途として、本書の一筋を辿っていくことは、こうして纏められて提示される百二の詩篇にとっても大きな喜びとなるに違いないだろうと信じる。

「Ⅰ　ぼくの作品集」の概要

　この作品集は、10×20の二百字詰めの原稿用紙（欄外に「中央勞働學園出版部原稿用紙」の文字が印刷）に黒インクのペン字で書かれている。「ぼくの作品集／【津田沼小学校（五・六年）時代】／天澤退二郎」と三行にわたって記された表紙を含め二十六葉あり、上部に二つの穴があけられており、紙縒り、紐などで綴じられてあったと思われるが、現在は失われていて、バラ状態である。各詩篇の後ろの部分に制作年と思われる漢数字があり、そのほとんどは一九四八となっている。従って、作者である天沢少年が中学校に入ってから、清書し作った一部本と考えられる。表紙の次の二枚目には、用紙の中央部、五行目の四マス目から

　一・　詩　　十一篇

と記され、この作品集が全十一詩篇で出来上がっていることを示す。但し、内一篇は題名が「無題二篇」とあって、全三行からなる短詩が各タイトルはなしに、中央にアキ行を置いて、並んで書かれている。

各詩は、一行目の六マス目からタイトルが書かれ、アキ行なしで本文がはじまる。ただ、各行は三マス目から書かれているので（結果、各一行が十八字詰めになる）、そのため詩行が十八字を越える部分は、（一字、二字分であっても）改行されている。

作品集に目次はないが、本書では原稿用紙に記載された順に収録してある。この中の「朝の踏切」には、別紙に鉛筆書きの先駆形があり、その末尾に「七月三十日朝京成津田沼駅そばの踏切にて」と記載されている。その詩の頭には朱ペンで、作品への評価と推測される「優」が記されている。担任の教師によるものと思われるが未詳。別の資料のＢ６ノートに記されたこの頃の「日記」が存在するが、その七月三十日（一九四八年）の項に、「京成駅で長さんを待っている間に〝朝の踏切〟という詩をひとつ書いた」とあり、この記述から同作は、天沢少年が六年生で満十一才最後の作品と考えられる。

「菜の花」にも鉛筆書きの先駆形がある。行換えの変更のほか、後半の数行に変更が加えられている。その部分を参考にあげておく。

ふみしめて学校へかよう時

帰りにはらをすかせて家へ
むかう時
美しい菜の花畑を歩きながら
考える
「菜の花よ　永くそこにあれ」

「木の瞳」にも鉛筆書きの先駆形があるが、さしたる改稿はない。

「たそがれの海」は、コクヨ原稿用紙二枚に書かれ、「朝の踏切」同様、誰かに提出したものか、明らかに大人の字体で赤ペンでの評が三か所にわたって記されている先駆形があり、一枚目の欄外の頭に朱書きで「秀」とある。

補足にあたるが、作品集中の三つの詩篇の末尾の制作年の後に、「「春光」五月号に掲載」などの記載があり、先の二、三の先駆形の存在と考え合わせると、天沢少年は小学生当時すでに、「春光*」なる雑誌（かのキャロルが少年時代に手書きで作ってい た家庭回覧雑誌のような）を発行していたことがわかる。

＊「春光」は現在、三号（三冊）の実物（左図版参照）が残されている。すべて手書きで各号一部だけが作成されたものと思われる。「（１９４８）五月号」と制作年月不詳の「梅号」そして「１９４９，11月」津田沼小創立記念号」（この年月日に、天沢少年は十三才で中学一年生である）の三冊である。これ以外にも作成発行されたものがあるかどうかについては不明。それぞれが手書きによるものであり、仲間うちで回覧されたものだろうと思われる。目次には、後に舟唄編輯部刊の天沢退二郎第一詩集『道道』の「題字」を消しゴムに彫って作った同級生白崎隆夫の名が見える。彼は、本誌に「漫画」を連載している。その他の仲間名で、小説や野球についての記事、クイズ、詰将棋、コラムなどが載っている。

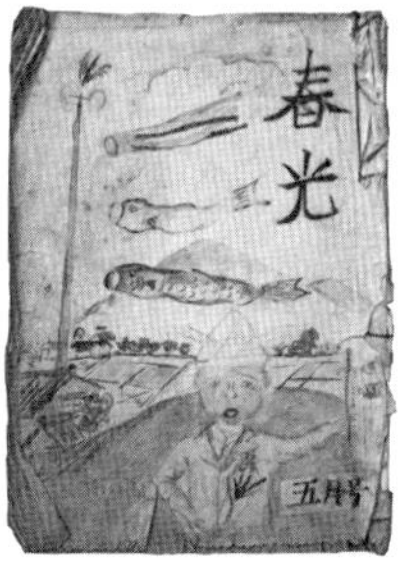

春光　五月号

春光　11 津田沼小創立記念号

春光　梅号

「Ⅱ　天鐘詩抄」の概要

ガリ版刷のものと鉛筆肉筆文字の反古西洋紙の裏面に、鉛筆書きで九つの作品が書かれている。表紙等を含め、全十二枚。右側をホッチキス針二本で綴じている。大きさは、縦13センチ、横17センチ。天沢少年の手作りと思われる。

表紙に、本文より、大きな字で「天鐘詩抄」「天沢退二郎・編」と記入されている。「編」としているのは、各詩篇の作者の名が天沢退二郎だけではない作りになっているからであろう。以下に目次を列記する。同冊子にはもともとノンブルは記されておらず、目次中に掲載ページは無記である。

目次

序文　天沢退二郎

四季複混詩　天沼健次郎

荒野　天木灰治郎

がまぐち　植留　礼奴
化物国の風景　天川体自郎
神秘の町　天河泰治郎
運命と攝理　天畑大四郎
六月の宇宙　穴沢進三郎
天才が門出する朝　天岩代白
夜明けの龍　天田貝二郎

四人目の植留礼奴、掲載ページの名には「ウェルレイヌ」とルビが振られている。これら九人の詩篇の作者名は、おそらく天沢退二郎名を下敷きに、少年が各詩の作者名を創作したものと思われる。目次の一番目の「序文」に、唯一「天沢退二郎」と署名して以下のような文章を載せている。

序文　天沢退二郎
ここに収められた九篇の詩は　いずれも

異様な光彩を放つ作品である。

この特異な詩集の特徴を数え上ればば次の諸点に帰着する。

一、これらは作者の心象中に点滅する灯のようなものである。

二、またこれらの詩的散文は、白銀の冠を頂くエベレスト山の如く、永遠にその生命を失わない。

三、これらの詩は、とじこめられた冬空への憧憬と尊敬である。

四、これらの詩を真に理解し得るのは畢竟天才と狂人と神のみである。

十一枚目の「夜明けの龍」の裏ページには以下のような「悼名覚え書」が二段に分けて書かれている（「悼」は「綽」の誤記と思われる）。

悼名覚え書

生徒　（三E）　　教師

骸骨　（岩沢氏）　ナマズ　（勝山・教頭）

もぐら　（小倉氏）　ツブレマンジュウ　（小西・国）

猿　（川井氏）　黒ネンジン　（青柳・社）

流線型　（中島八）　ボストンバッグ　（生田目・国）

又は、ハンドバッグ

後半は省略するが、これらの、例えば「ナマズ」とか「もぐら」等々は詩篇の中に散見される。後年天沢退二郎が、思潮社の現代詩文庫11の中に収録した「自伝」の後半部に「三年からはもっと遠い緑中（もと五中）に転校」と記してあることに注目すれば、ここの「生徒（三E）」とは、緑中の三年E組だと考えることができる。そうすると、この「天鐘詩抄」は彼が、中学三年だった一九五一年〜一九五二年三月までの期間に書かれ、その後、自らホッチキスで綴じて作った一冊本ということになる。

「Ⅲ〜Ⅶ（手帳A、B，C、その他）」の概要

まず、はじめに、天沢退二郎が高校から大学一年時に、日々携帯し使用していたと思われる手帳のうちの三冊を使用時期の順にA、B、Cと名付け、その内容の概略を記す。

Ⅲ　手帳A

縦105㎜×横65㎜　緑色の表紙　見返しはピンク。背には、付属の鉛筆用の空間があるが鉛筆はない。用紙には、横罫線が引かれている。（但し、主として、日本語は縦書きに使っており、英単語のメモ、数学の計算式等を横書きしている。）総70ページだが、現物にページ番号はない。ピンクの見返しには、左上に「1953,1,10」とある。これは使用　開始日と考えられる。この日、天沢少年は十六才と五か月くらい、高校二年生三学期始めころか。「蛍雪時代」、「学燈」等雑誌名の前に「原稿締切日」がメモしてあり、投稿の機会があったかと推定される。その他、英単語の意味等、さまざまな記述を確認することができる。詩に関しては、12ページのところの「常緑樹」を

はじめに、十三篇が記されている。

Ⅳ　手帳B

縦118㎜×横75㎜　黒表紙。表に金箔押しで「MEMO　LANDUM」とあり、本文に横罫線。Aと同様に、日本語の作品等の表記は縦に使用。他は英単語その他横に使用。総181ページで、最後に住所録（未使用）が付いている。手帳中頃に90ページ余りの未使用空白部がある。しかも住所録のページから表紙に向かって逆向きに使用されている。見返し、左上に「1953,6,15」とあるので、手帳Aの次の手帳と考えられる。色々なメモ、書き込みがあるが、詩篇に限れば、「麗日」以下「僕の水底」まで二十三篇が記されている。

「手帳B」に記された詩についての註

・本書78頁「麗日」〔女の耳たぶ〕は、詩の最終行ではなく、別のメモ書きの可能性がある。

・本書102頁「野外舞踊　（パントマイムの序曲から）」の「刃」について、鉛筆の二重書きが判読し難く、「双」「夊」や、その他の字の可能性がある。

Ⅴ　手帳C

この手帳は、中の扉に「UP-TO-DATE／concice／DIARY」と三段に印刷され、下段に「made by TOKYO UNIV. CO-OP.SOCIETY」とある。東大生協駒場支部発行の昭和三十一年（一九五六年）版の日記型のものである。前の二つの高校時代の手帳A、Bとの大きな違いとして、いわゆるメモの要素が増え詩（の下書き）や俳句、短歌が殆どなく、使われないページも多いことを挙げることができる。詩人における書くことが別な形を取りつつあることかも知れない（たとえば、別な大型ノート等に下書きするようになった等が考えられる）。中扉左上に「1956,4～」と鉛筆書きがあるから、大学一年生のときのものであることが分かる。詩篇は「秋」から「（雲のようにざらりと滑かな軟泥を」（これには、もともとタイトルがないので、第一行を仮にタイトルとして表記）まで、十の詩篇が記されている。

Ⅵは、千葉一高（現在の千葉高校）の文学クラブの機関誌「道程」および、青森市の樋口勇一を編集・発行人として出されていた「蒼い貝殻」に掲載された作品である。

「道程」からのそれぞれの初出は、「單旋律」が「道程」13号（一九五三年四月一日発行）、「蒼空に就いてのクローズアップされた關心」「青の斷層圏」の二篇が「道程」15号（一九五四年四月二〇日発行）、「川」が「道程」16号（一九五五年九月二四日発行）であり、詩人の高校三年間の時代に当たる。また「十二月の詩」「はなばたけ」「墓地」「秋の詩」四篇の初出は「蒼い貝殻」16号である。16号には発行年月日の表記がないようであるが、『現代詩文庫　天沢退二郎詩集』に掲載されている天沢自身による詩論「一つの失敗に就ての覚書」には「蒼い貝殻」17号についての記述があり、17号が一九五七年四月発行と記されていることから、16号の発行日を推察することができる。以上計八篇である。

Ⅶは綴じずにのこされた紙に書かれた詩篇である。

①「奈落」には「一九五二・七・一五」と日付が記されている。詩篇「夕立ち」「蛇と野原」（書肆山田版『道道』に収録のもの）の原稿は「奈落」が書かれたものと紙が同種であり、また末尾に記された年月を同じくし、日付けのみが異なり、その字体も似ていることから、これらの詩篇は連続して書かれたものと考えられる（おそらく高校一年生の時の作品だろう）。なお詩篇「夕立ち」の原稿ではタイトルが「夕立」と記されている。

②「夏の川」③「夏」この二篇は、西洋紙の一部分か、無地ノートの切れ端に鉛筆書き。途中にアキ行のない状態で、「詩　夏の川」のように「詩」を明記し、続けて「詩夏」が書かれている。裏面には、八首の短歌があって、タイトル「短歌」の下に「一ノ四　天沢退二郎」と記してある。短歌そのものは略すが、「一ノ四」が学年クラスを表わすとすると、天沢少年が千葉市立第四中学校の一年生の時の作品となり、「ぼくの作品集」の時期に継ぐ早い時期の作品となるだろう。

④「星」この詩篇は、四百字詰め原稿用紙に、鉛筆で書かれている。制作年月不明。しかし、②③同様に、タイトルの上に「詩」と記してあるので、他の詩篇には見られない書き様と考え、中一のころのものと推定することは、可能と思う。

原稿用紙、手帳等に記された詩を本書に掲載するにあたり、著者が日付等を記している場合、該当部をそのままに記載している。手帳には詩以外の記述も多く見られるが、著者が詩作品を意図したと思われる箇所のみを選択し掲載している。収録されている表現、内容は、作品が執筆された年代や状況を考慮し、そのままに掲載している。作品の行がえ、行あけについては、散文形式や原稿用紙の枡目の文字数から明らかに行をまたいでいると判断される場合を除き、記述されたままに掲載している。

天沢退二郎　直筆原稿その他図版　アルバム

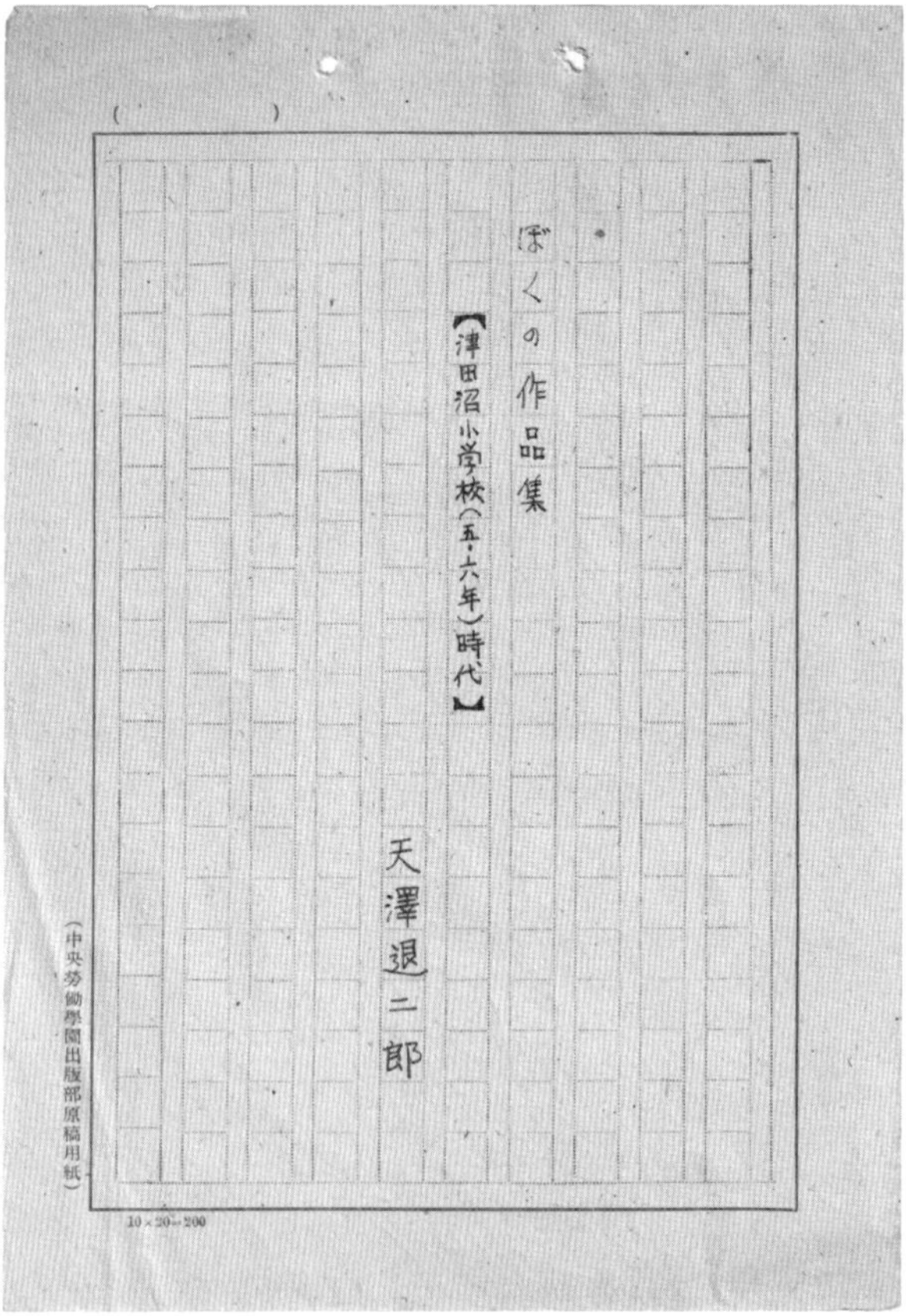
ぼくの作品集
【津田沼小学校（五・六年）時代】
天澤退二郎
（中央労働學園出版部原稿用紙）
10×20=200

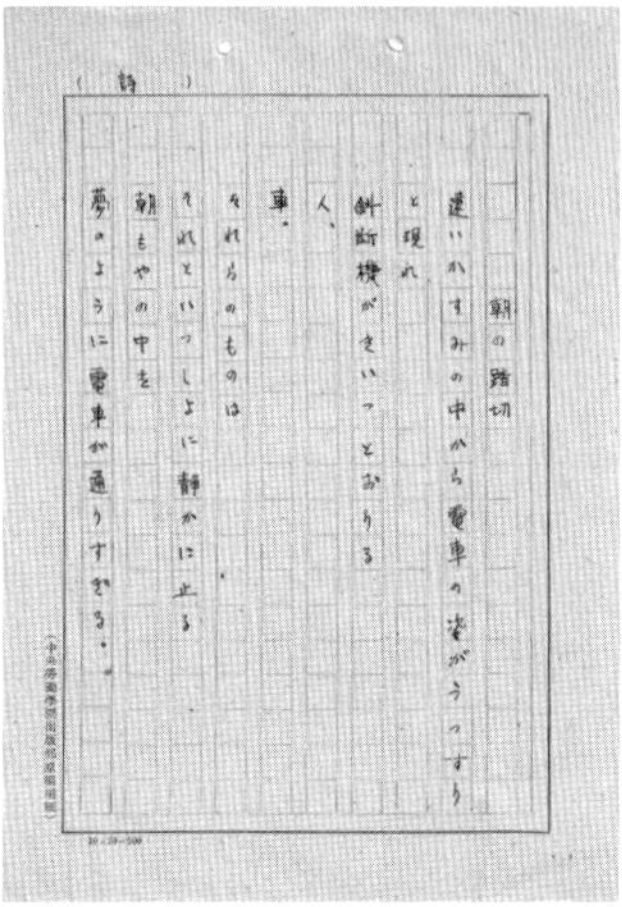

（詩）

朝の踏切

遠いかすみの中から電車の姿がうっすり
と現れ
斜断機がさいっとおりる
人、
車。
それらのものは
それといっしょに静かに止る
朝もやの中を
夢のように電車が通りすぎる。

（中央労働学園出版部原稿用紙）
20×10=200

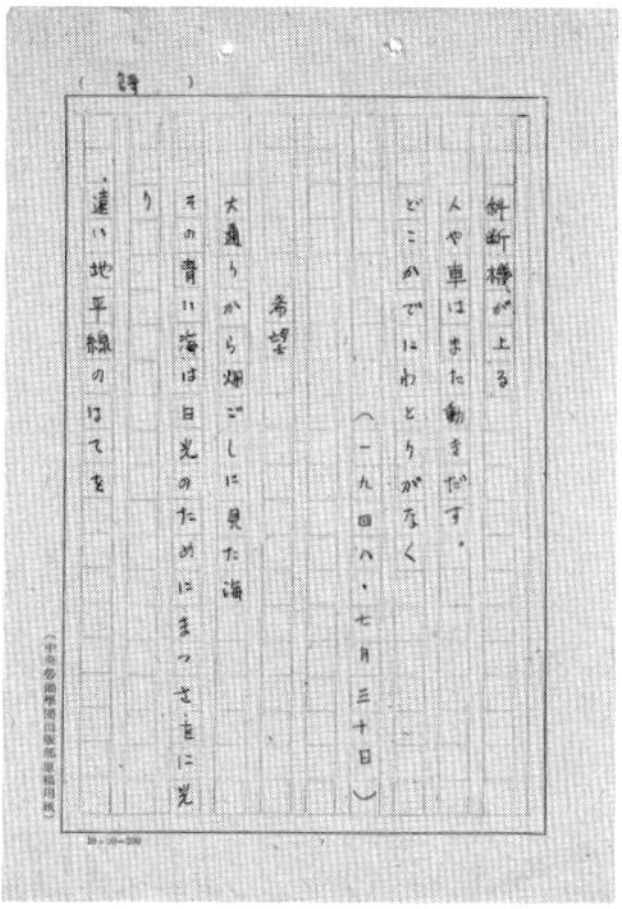

（詩）

斜断機が上る
人や車はまた動きだす。
どこかでにわとりがなく

（一九四八・七月三十日）

希望

大通りから畑ごしに見た海
その青い海は日光のためにまっさをに光
り
遠い地平線のはてを

（中央労働学園出版部原稿用紙）
20×10=200

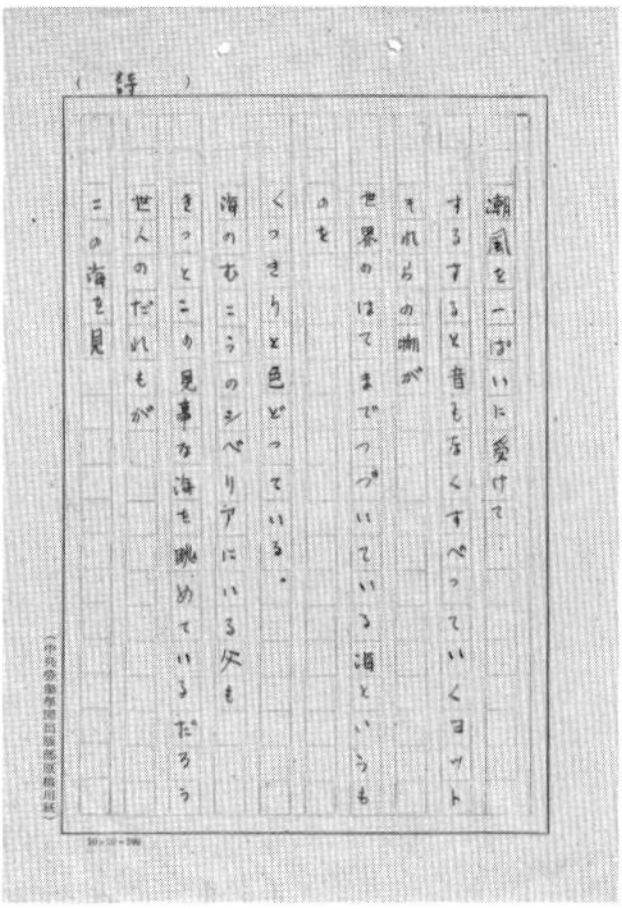

（詩）

潮風を一ぱいに受けて
するすると音もなくすべっていくヨット
それらの帆が
世界のはてまでつづいている海というも
のを
くっきりと色どっている。
海のむこうのシベリアにいる父も
きっとこの見事な海を眺めているだろう
世人のだれもが
この海を見

（中央労働学園出版部原稿用紙）
20×10=200

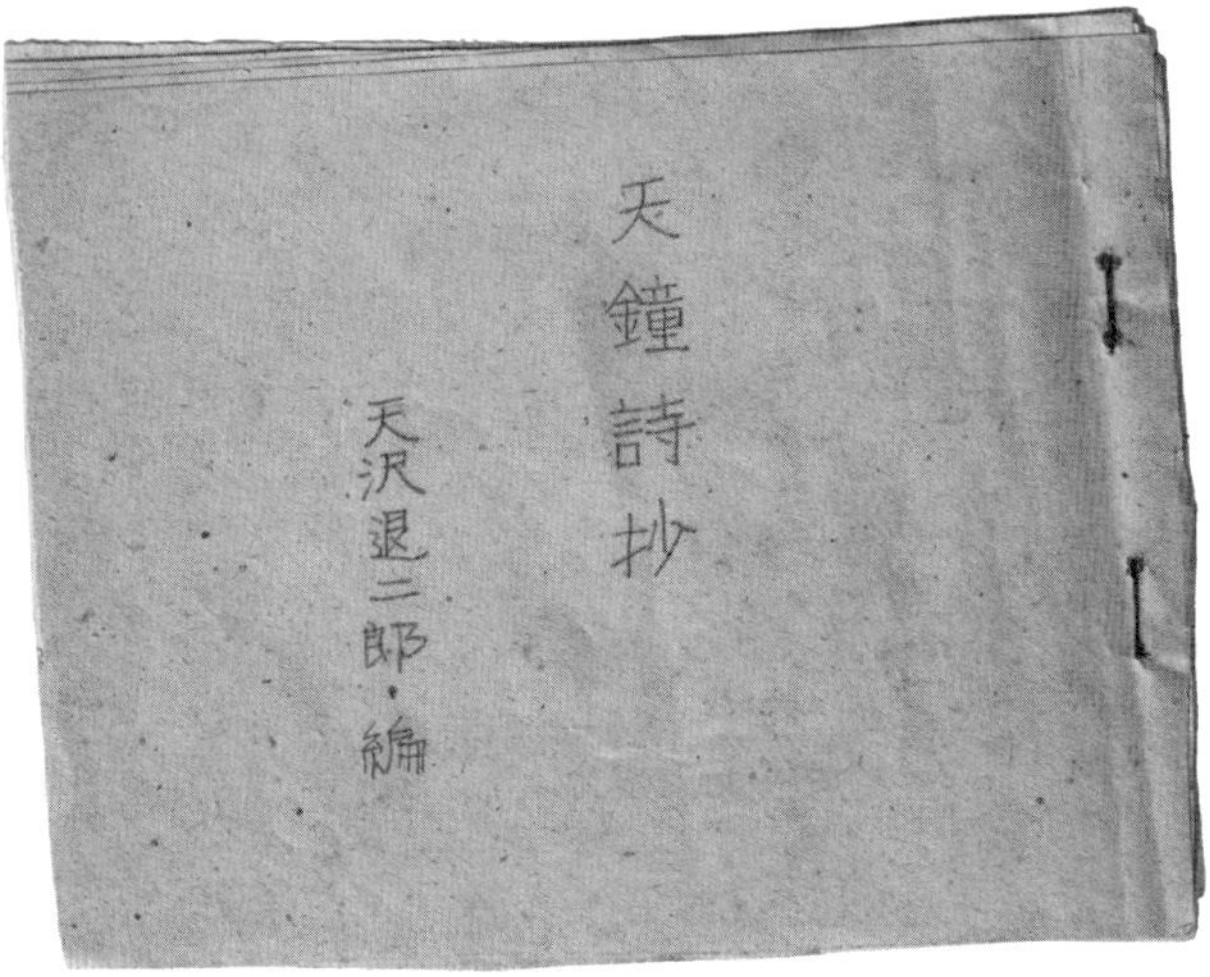

天鐘詩抄

天沢退二郎・編

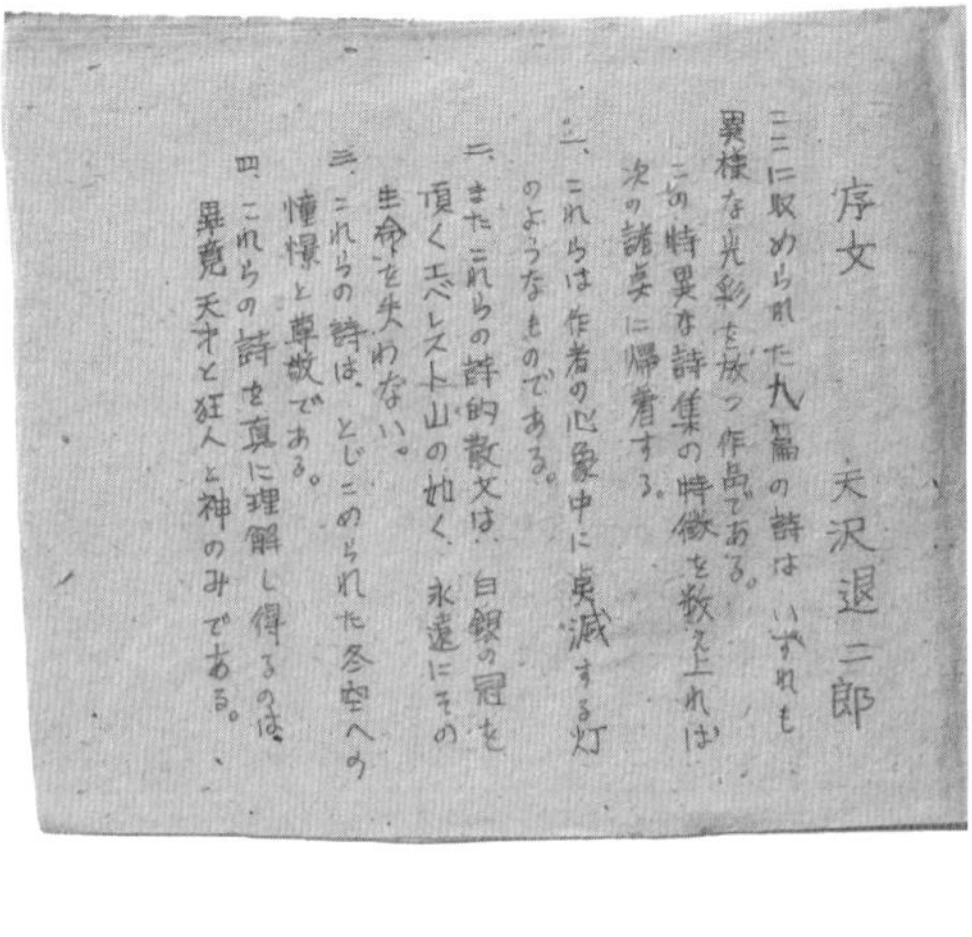

序文　天沢退二郎

ここに収められた九篇の詩はいずれも異様な光彩を放つ作品である。

この特異な詩集の特徴を数え上げれば次の諸点に帰着する。

一、これらは作者の心象中に点滅する灯のようなものである。

二、またこれらの詩的散文は、白銀の冠を頂くエベレスト山の如く、永遠にその生命を失わない。

三、これらの詩は、とじこめられた冬空への憧憬と尊敬である。

四、これらの詩を真に理解し得るのは、畢竟天才と狂人と神のみである。

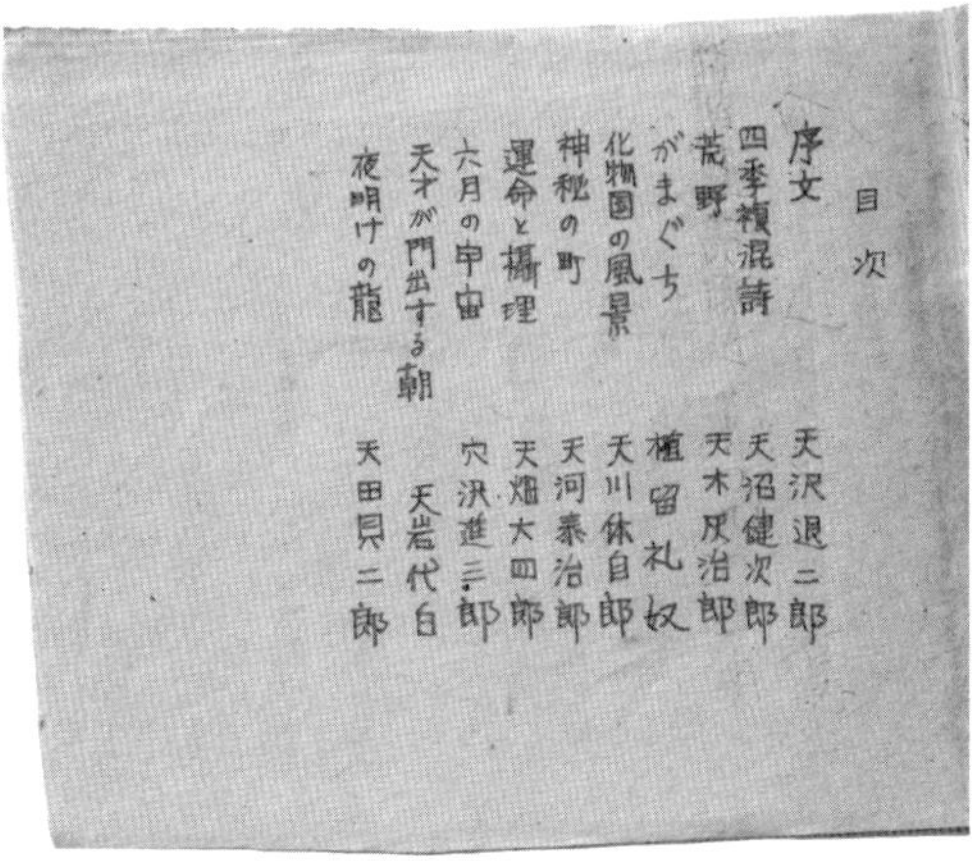
目次

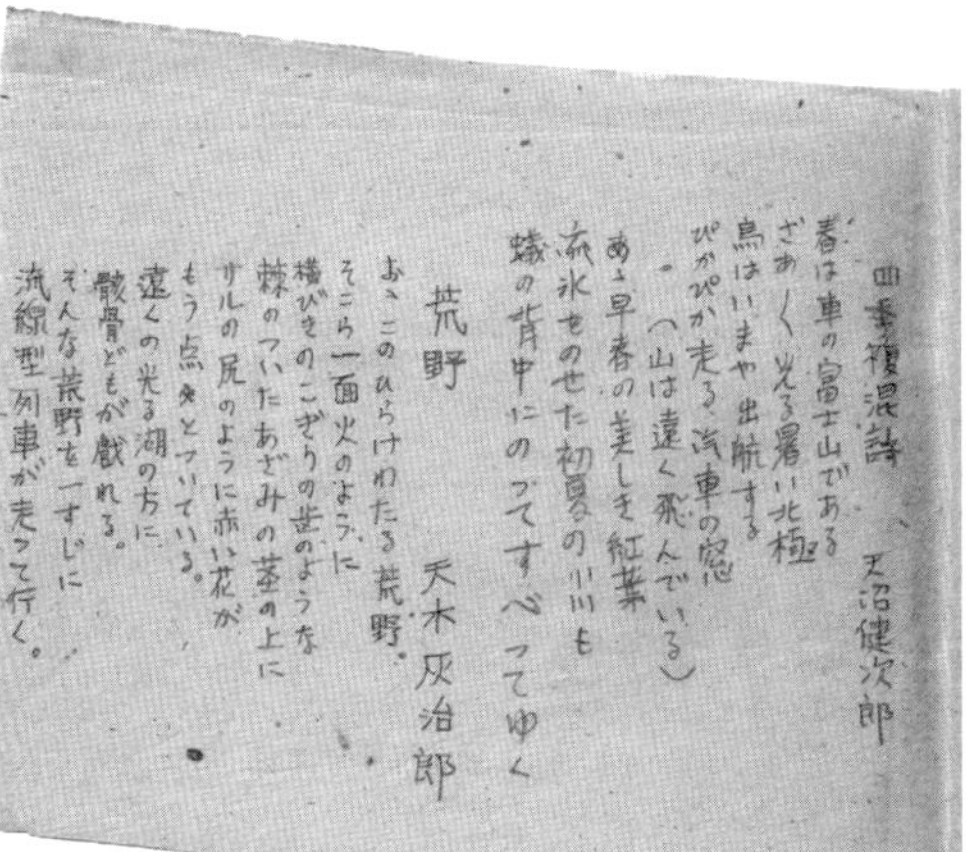
四季複混詩　天沼健次郎

春は車の富士山である
ざあくゝ光る暑い北極
鳥はいまや出航する
ぴかぴか走る汽車の窓
・（山は遠く飛んでいる）
あゝ早春の美しき紅葉
流氷をのせた初夏の小川も
蟻の背中にのってすべってゆく

荒野　天木灰治郎

あゝこのひらけわたる荒野。
そこら一面火のように
横びきのこぎりの歯のような
棘のついたあざみの茎の上に
サルの尻のように赤い花が
もう点々とついている。
遠くの光る湖の方に
骸骨どもが戯れる。
そんな荒野を一すじに
流線型列車が走って行く。

MEMORANDUM
竹やぶ
とけあっているような
竹やぶの
なんという美しさ
夕暮
風のない竹やぶ
竹やぶの
なんという美しさ
(ガルシン)
春と修羅
アザミの花期

手帳A

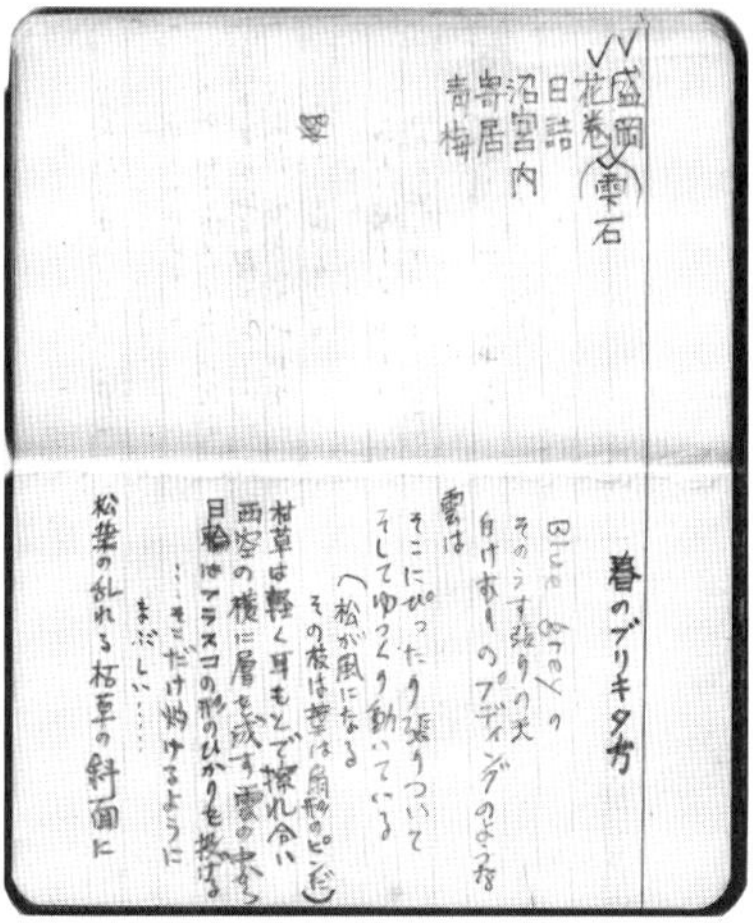

√盛岡（雫石
√花巻
日詰
沼宮内
寄居
青梅

春のブリキ夕方

Blue Greyの
そのうす張りの大
白けあ（?）のプディングのような
雲は
そこにぴったり張りついて
そしてゆっくり動いている
（松が風になる
その枝は葉は扇形のピンだ）
枯草は軽く耳もとで擦れ合い
西空の横に層を成す雲の中から
日輪はフラスコの形のひかりを投げる
……それだけ媚びるように
まぶしい……
松葉の乱れる枯草の斜面に

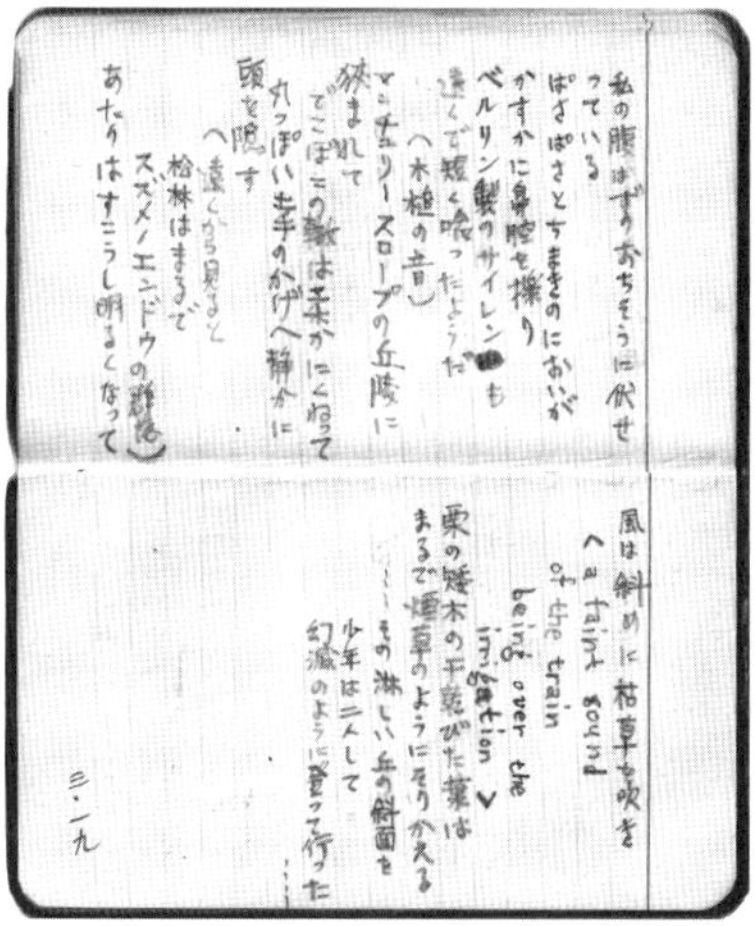

私の腹はずりおちそうに伏せっている
ぱさぱさとすきまのにおいが
かすかに鼻腔を擽り
ベルリン製のサイレンも
遠くで短く喚ったようだ
（木槌の音）
なだらかなスロープの丘陵に
狭まれて
でこぼこの畝は柔かにくねって
丸っぽい土手のかげへ静かに
頭を隠す
（遠くから見ると
松林はまるで
スズメノエンドウの群落）
あたりはすこうし明るくなって

風は斜めに枯草を吹きつけ
（a faint sound
of the train
being over the
irrigation）
栗の矮木の干乾びた葉は
まるで煙草のようにそりかえる
……その淋しい丘の斜面を
少年は二人して
幻滅のように登って行った
三・一九

手帳B

MEMO
RANDUM

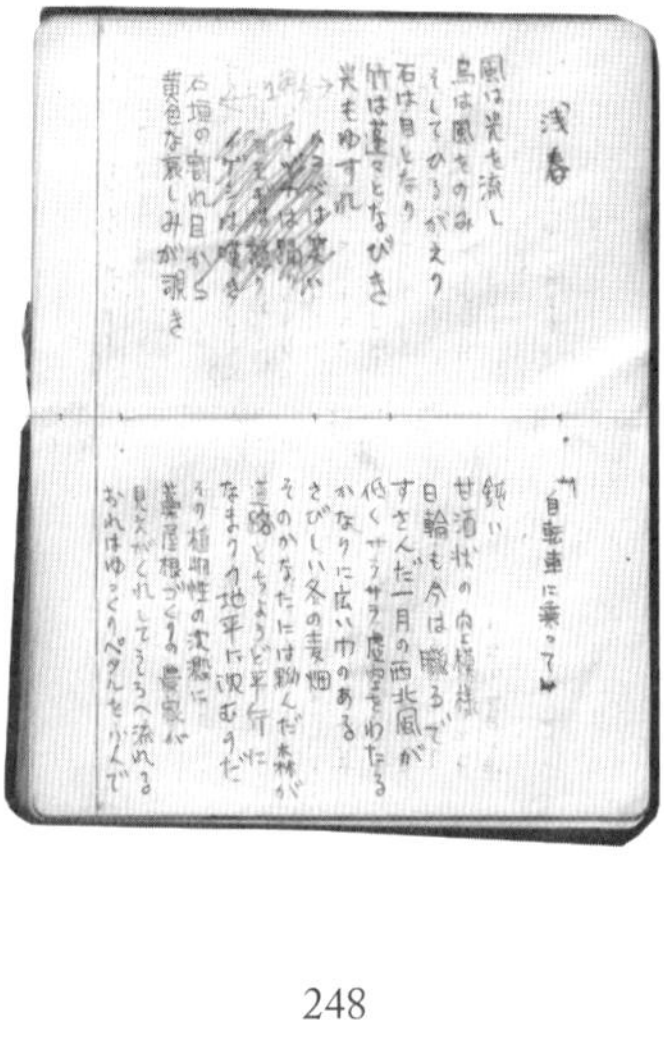
浅春
風は光を流し
鳥は風をのみ
そしてのるがえり
石は目となり
竹は葦となびき
光もゆすれ
石垣の割れ目から
黄色な哀しみが覗き
「自転車に乗って」
鈍い
甘酒状の雲模様
日輪も今は朧ろで
すさんだ一月の西北風が
低くサラサラ虚空をわたる
かなりに広い巾のある
さびしい冬の麦畑
そのかなたには黝んだ森が
三路とちょうど平行に
なまりの地平に沈むうだ
その植物性の沈黙に
藁屋根づくりの農家が
見えがくれしてうしろへ流れる
おれはゆっくりペダルをふんで

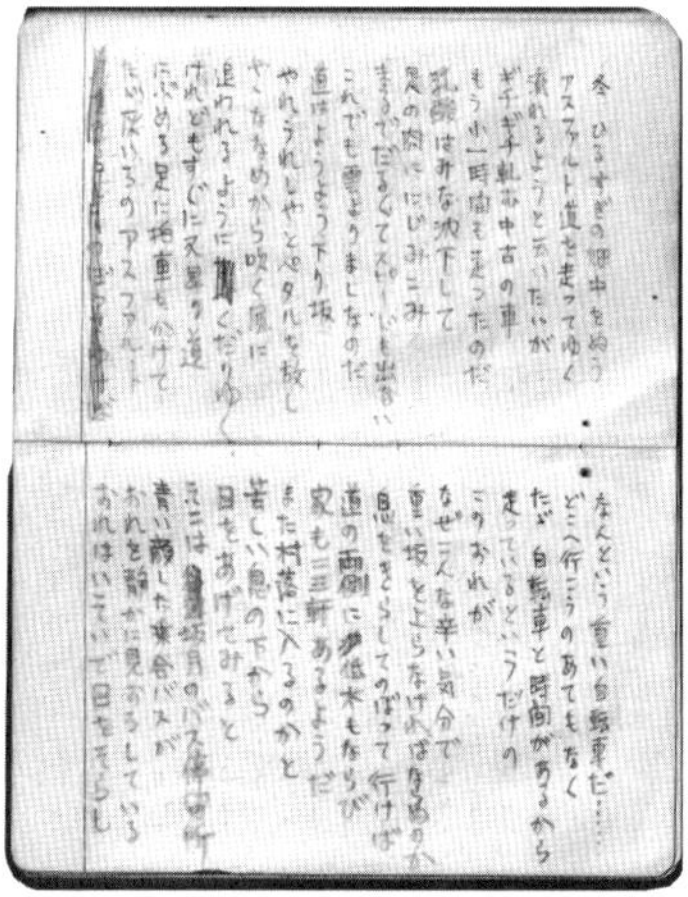

冬 ひるすぎの街中をぬう
アスファルト道を走ってゆく
流れるようと云いたいが
ギチギチ軋む中古の車
もう小一時間も走ったのだ
乳酸はみな沈下して
足の肉ににじみこみ
まるでだるくてスピードも出ない
これでも雪ようましなのだ
道はようよう下り坂
やれうれしやとペダルを放し
追われるようにくだりゆ
けれどもすぐに又昇り道
なんという重い自転車だ……
どこへ行こうのあてもなく
ただ自転車と時間があるから
走っているというだけの
このおれが
なぜこんな辛い気分で
重い坂をよろけなければならぬのか
息をきらしてのぼって行けば
道の両側に並木もならび
家も三軒あるようだ
また村落に入るのかと
苦しい息の下から
目をあげてみると
ここは[illegible]のバス停留所
青い顔した乗合バスが
おれを静かに見おろしている
おれはいそいで目をそらし

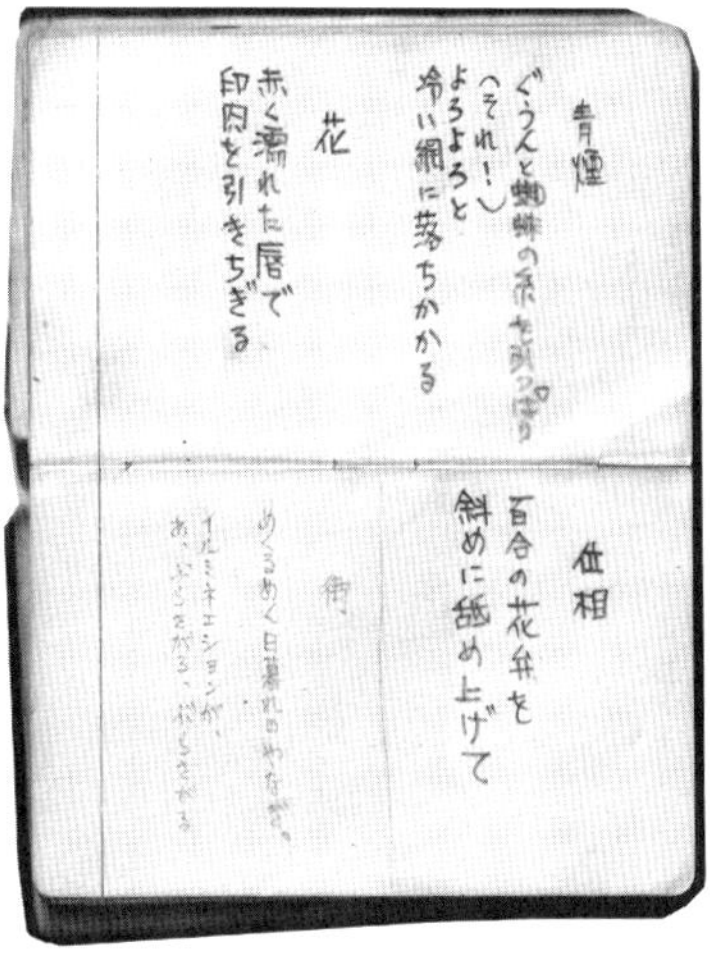

青煙
ぐうんと蜘蛛の糸を引っぱり
（それ！）
よろよろと
冷い網に落ちかかる
花
赤く濡れた唇で
印肉を引きちぎる
血相
百合の花弁を
斜めに舐め上げて
めくるめく日暮れのめまい。
イルミネエションが、

手帳C

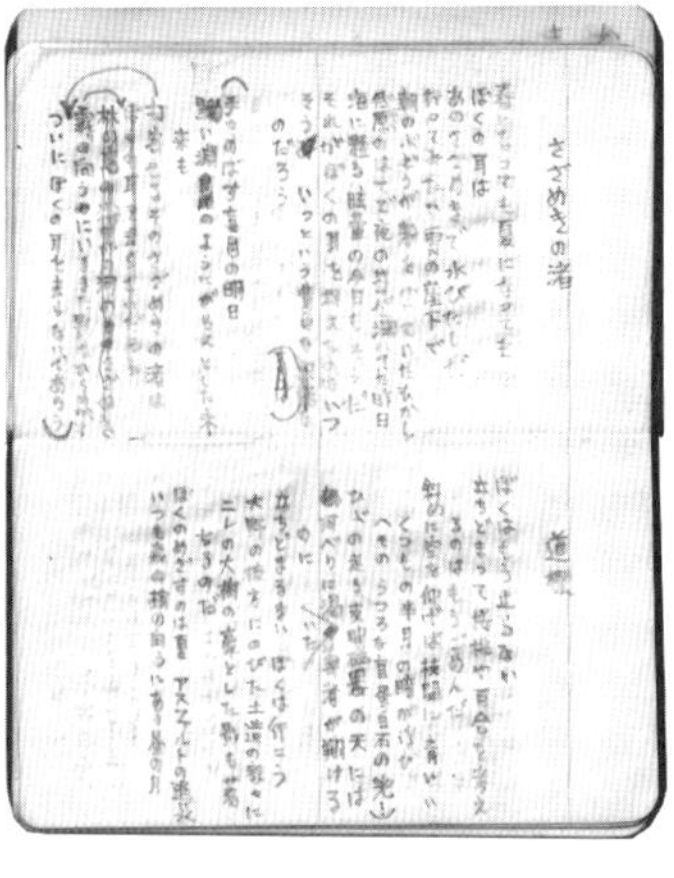

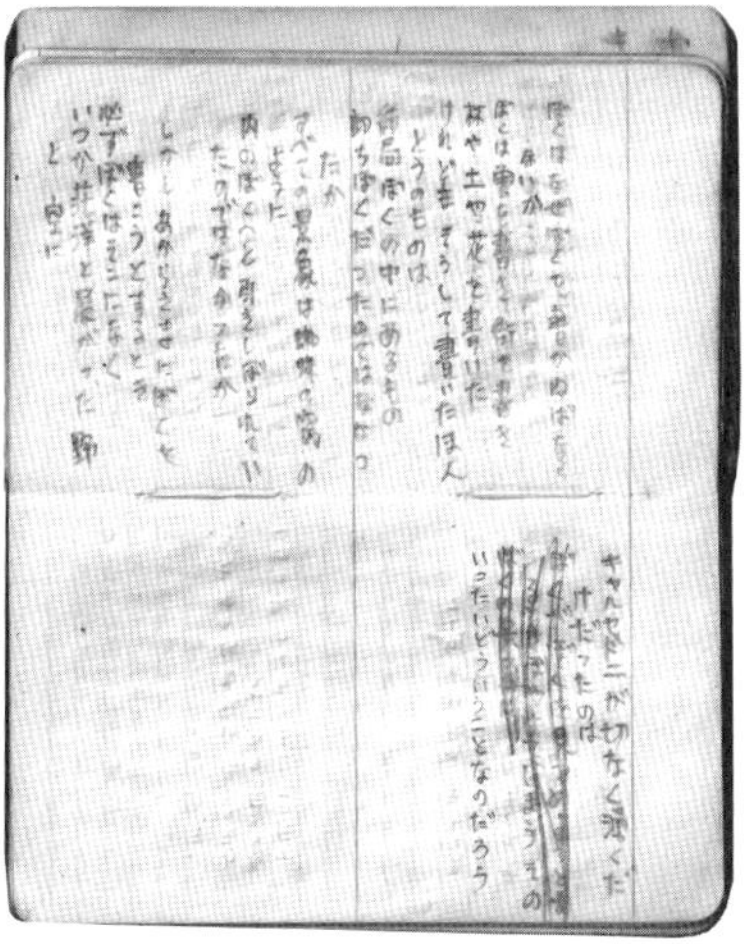

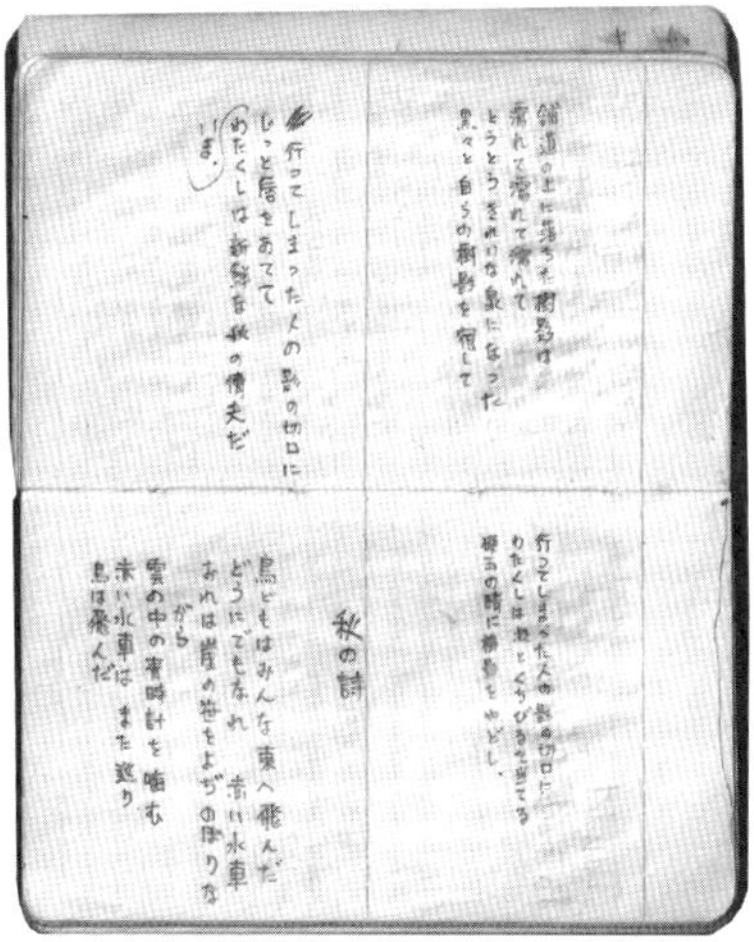
舗道の上に落ちた樹影は
濡れて濡れて濡れて
とうとうきれいな泉になった
黒々と自らの樹影を宿して

行ってしまった人の影の切口に
じっと唇をあてて
わたくしは新鮮な秋の情夫だ
いま。

行ってしまった人の影の切口に
わたくしはそっとくちびるを当てる

秋の詩

鳥どもはみんな東へ飛んだ
どうにでもなれ　赤い水車
おれは岸の笹をよぢのぼりながら
雲の中の古時計を嚙む
赤い水車は　また廻り
鳥は飛んだ

夏の川

夏

詩、夏の山川
川の水は、青くすきとおりゆったりと
流れ、
とびこみ泳ぐ子らの声みち、
山の林の中は、風がふいて木木を鳴らし
高き木の梢に
小鳥らは声はりあげてうたう。
ああ
山川に夏はみちあふれり
櫻の葉はまみどりにしげり、
花咲く頃の名ごりなる、木かげの自転車あずかり所に、
自転車一つ、
おきわすれられたかさびしげに、
まわりを涼しき風とりまく、

星

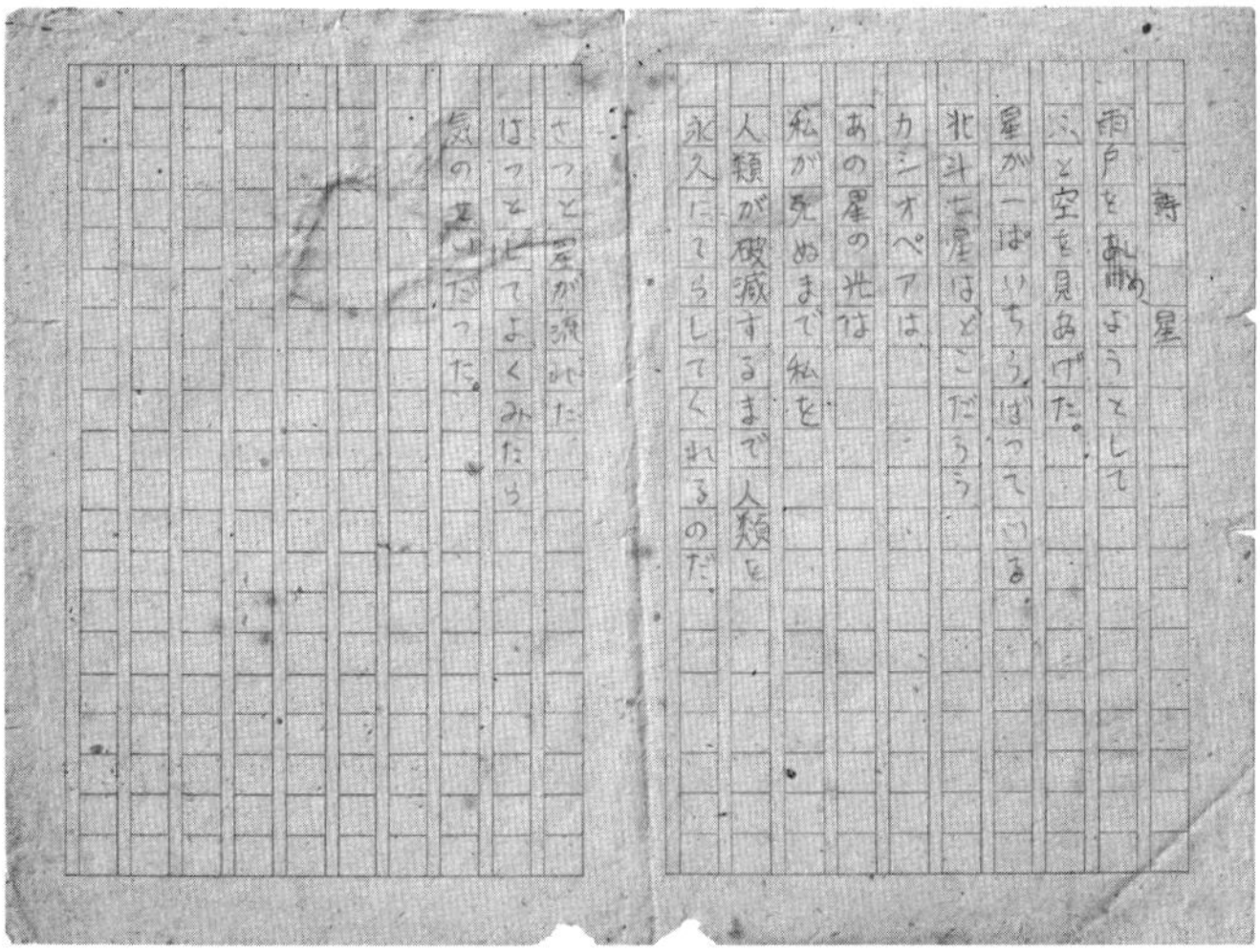

詩　星

雨戸を閉めようとして
ふと空を見あげた。
星がいっぱいちらばっている
北斗七星はどこだろう
カシオペアは
あの星の光は
私が死ぬまで私を
人類が破滅するまで人類を
永久にてらしてくれるのだ
さっと星が流れた
はっとしてよくみたら
気のせいだった。

天沢退二郎 アルバム

昭和13年

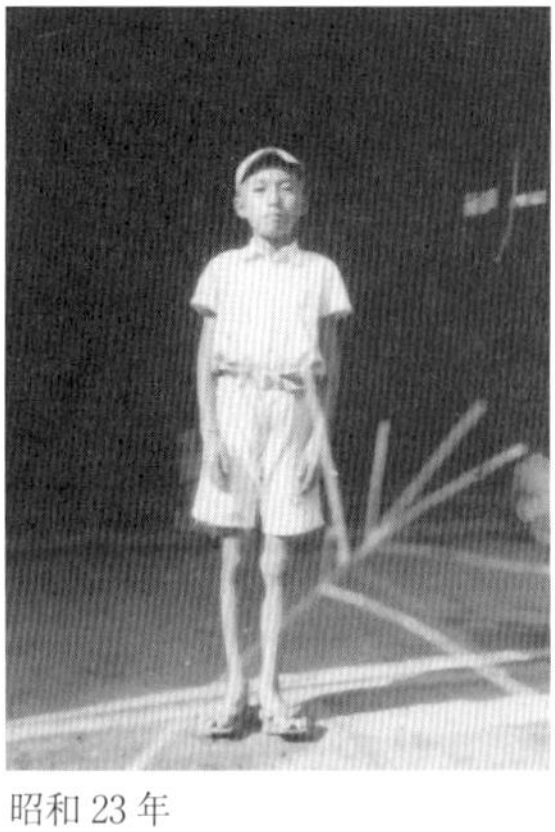

昭和23年

昭和 27 年

昭和 27 年

昭和30年

昭和30年

昭和 32 年

昭和 34 年

昭和 34 年

昭和 34 年

『道道』までの道道

2023年5月20日　初版発行

著　者　　天沢退二郎 ©2023

発行者　　綾子玖哉
発行所　　阿吽塾
〒090-0807　北海道北見市川東31-29
電　話・Ｆａｘ　0157-32-9120

発売元　　株式会社地湧《ちゆう》社
〒110-0001　東京都台東区谷中7丁目5番16-11
電　話　03-5842-1262　　Ｆａｘ　03-5842-1263

印刷・製本　ニシダ印刷製本

ISBN978-4-88503-836-5　C0092　Printed in Japan